大疫年代十日談

THE DECAMERON PROJECT

世界當代名家為疫情書寫的29篇故事

NEW STORIES FROM THE PANDEMIC

《紐約時報雜誌》主編 ✲ 徐立妍 譯

目錄

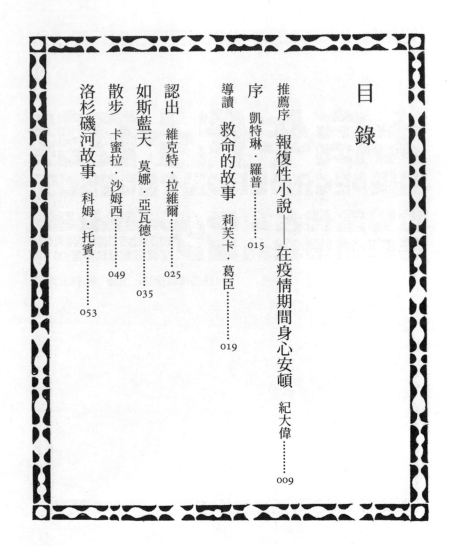

目 錄

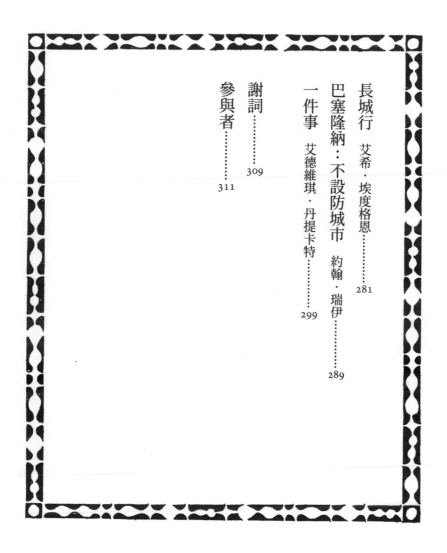

國外讀者五星好評

「如果你一年只讀一本書，那絕對就是這本。」

「這本小說集太棒了！所有的故事是如此引人入勝，我沒有任何不喜歡的。」

「強烈推薦！無論是對於現在，還是未來。」

「將如此多元化的作者合編成具有凝聚力的選集真的很困難，但是《大疫年代十日談》的完成度讓我感到驚訝，它借用過往《十日談》的形式創造了如此多元且獨特的世界，不僅提供了我們一些安慰，且仍優雅地將主題環繞在大流行和瘟疫的周圍。我認為這是個很棒的合輯，不只是因為我喜歡每個短篇，而是每個人都能在這裡找到能夠享受的故事。」

「這絕對是此時此刻必備的收藏。」

推薦序　報復性小說——在疫情期間身心安頓

紀大偉

天災人禍之際，人們可以在哪裡獲得身心安頓？我建議，小說是提供庇護的選項之一。《大疫年代十日談：世界當代名家為疫情書寫的29篇故事》就是一個近期的極佳範例。二〇二〇年全球疫情爆發，人們心力交瘁，幾乎不可能讀寫小說，或從事其他藝術活動；但是也有人卻在小說找到浮生的寄託，不但體驗人生可能一再創生小說，也體會小說可能一再延續人生。

《大疫年代十日談》顧名思義，跟文學經典《十日談》致敬。兩者都是瘟疫促成的故事集：《十日談》中，一群人為了逃避疫情，只好躲起來，圍在一起交換故事解悶，簡直像是一個戒菸戒酒的「成長團體」；《大疫年代十日談》中，二十九位作家為了排遣疫情之苦，被迫居家隔離，分散世界各地，像是成長團體的虛擬線上版，也同樣交出故事。在古早的《十日談》到近期的《大疫年代十日談》之間，各種瘟疫在歷史長流一再浮現，也一再催生一波波小說奇葩。

台灣讀者其實早就知道瘟疫和文學的緣分。早在COVID和SARS之前，我們就已經領教愛滋帶來的壓力。COVID跟愛滋很像：我們熟悉的台灣防疫團隊（羅一鈞等人），以及美國今日最著名的防疫專家佛西（Anthony Fauci），本來就是愛滋防治的老手。一九八〇年代愛滋在美國爆發之後，美國、台灣以及世界各國陷入恐慌，卻也不約而同在文學和藝術尋求安慰。人們都說台灣一九九〇年代的同志文學黃金時期要歸功於一九八七年的解嚴，但我一直認為，我們反而應該上溯到一九八〇年代初期的愛滋焦慮。正因為疫情燒炙人心，所以作家、讀者、愛滋當事人都轉向書本以及其他藝術，尋求安頓。

愛滋以及各種疫情，證明一個詭異的定律：疫情未必扼殺小說，反而可能激發人們更緊密擁抱小說。為了說明這種奇妙的歷史傾向，我啟用「報復性小說」這個說法。因為疫情逼人太甚，全球民眾一有機會喘息，就投身「報復性消費」、「報復性旅遊」，以及「報復性小說」。為了充分說明什麼是「報復性小說」，我在談論《十日談》和《大疫年代十日談》這兩部短篇故事結集之餘，也想到卡繆的長篇名作《瘟疫》。《瘟疫》篇幅宏大，比篇幅短小的故事更能夠廣泛觸及群體與個人的多元面向。

法國作家卡繆為諾貝爾文學獎得主，以《異鄉人》和《瘟疫》聞名於世。一九四七年出版的《瘟疫》描繪阿爾及利亞濱海城市奧蘭的鼠疫，簡直預告了二〇二〇年和二〇二一年的全球慘況：因為鼠疫，奧蘭官員斷然封城控制疫情；因為封城太突然，家庭和愛侶在沒有預警的情況下被拆散；人們無法回到封鎖的工作場所上班，失去生活重心；因為預期匱乏，大家搶購並且囤積民生物資。

疫情帶來的巨變將人拋擲到孤獨的黑洞裡。為了平緩孤獨感，人們更加需要「人與人的連結」。在一九四〇年代，人們依賴傳統郵政通信。但奧蘭民眾再也不准寄信——因為信紙可以帶著細菌突破封鎖線。為了滿足與人連結的需求，大家上門泡酒館，以便證明自己仍有存在感。人們也湧入電影院，重看一再重映的老電影。上電影院乍看跟與人連結無關，卻促成奧蘭民眾跟法國維持連結。當時阿爾及利亞屬於法國殖民地，法國算是阿爾及利亞的「內地」。疫情打斷兩地的互相依存關係之後，奧蘭民眾卻可以藉著在電影院觀看來自法國的電影，腦補奧蘭跟法國之間的同步連線。

因為科技發達，今日疫情底下的民眾比一九四〇年代的《瘟疫》眾生更加浮誇：人們擁抱「報復性消費」和「報復性旅遊」，用來抵銷一波又一波的消費不便（因為店家被迫關門等等因素，所以消費不便）和行動不便（既然出國旅行已經出局、國內旅行經常停擺，居家隔離更是家常便飯）。此外，我認為「報復性上網」和「報復性工作」也成形了：民眾再也不必寄出信紙給親友，卻可以全天候掛在網路上面跟陌生人交換疫情謠言；不必上電影院跟世界同步，卻可以在網路串流平台追趕韓劇進度。疫情固然逼迫工作場所暫時關閉，甚至拉高失業率，卻也有人趁疫情不便出門之際，加倍拚命賺外快：他們化為打工仔，接單外送食物，當網紅誘人刷卡贊助，結果比疫情之前更過勞。

有些人開始呼籲民眾克制各種「報復」行動、改用「永續型旅遊」或「感恩式消費」度過疫情難關。但我覺得這些良心呼籲似乎誤解了字義：報復型消費等詞的報復，是指「變本加厲」、「加倍奉還」，有死裏逃生的感嘆，也有溺水者爭取換氣機會的意味，跟「仇恨」、「毀滅」未必有關。

上述種種另類報復，也可能換個角度促成永續和感恩。因此，我樂見疫情催生出「報復性小說」：指疫情期間，人們變本加厲投入小說懷抱的行動，包含閱讀小說也包含撰寫小說的行為：因為人們不能上街上班，所以終於被迫面對自己累積已久卻從未碰過的書堆；也因為人們身心不安頓，所以終於甘願抄經，或是寫日記寫書法，甚至開始寫故事。跟充滿聲色刺激的「報復性上網」相較，「報復性小說」提供更加紮實素樸的慰藉。在疫情期間，網路固然提供情報，卻也餵養我們巨量假訊息、不分性別各種專家的「男性說教」，以及從政客到家人祭出的情緒勒索。電腦網路的疲勞轟炸在疫情期間更加猖狂，但只有文字沒有影音的小說世界仍然寧靜。而且，跟K歌、聚餐相比，讀寫小說本來就是特別便宜的娛樂與休息，窮人也負擔得起——畢竟，二手書和稿紙價格低廉，甚至可以免費索取。

《瘟疫》的角色之一就是藉著每晚寫稿維持身心平穩，《瘟疫》作者卡繆自然也藉著撰寫這部小說面對世局的荒謬。《大疫年代十日談》的諸多故事也揭示疫情如何誘導作家深呼吸，重新勇敢認識亂世。例如，《使女的故事》作者，科幻小說巨擘瑪格麗特・愛特伍（Margaret Atwood）在〈沒耐心・葛利薩達〉這篇小說中，描寫一個外星人在疫情期間看守一批又一批地球人。這個外星人外表頗有「克蘇魯」神話角色的風格（也就是很像電影《異形》中的怪物），試圖用俗爛的童話安撫被迫隔離管理的地球人。中國出身的小說家李翊雲（Yiyun Li），雖然在美國獲得文學獎肯定，但也受盡文學光環帶來的心靈磨難。她的〈木蘭下〉寫出因為疫情所以增加更多變數的家人生離死別。近年來美國文壇聲名大噪的台裔作家游朝凱（Charles Yu），在〈系統〉堆疊的字句彷彿來自網路瀏覽器吐出來的搜尋結果，暗示網路使用者從人類蛻變成機器人的異化過程。《雲圖》作者大衛・米契爾（David Mitchell）在〈若希望就是馬〉，則展現防疫的隔離制度強化種族歧視，並且將眾生推向妄想的深淵。

卡繆《瘟疫》指出，在疫情陷入苦戀的人很幸運，書中那位孤獨的寫作角色也自認好命，因為他們忙著戀愛或忙著寫作，所以不至於全心全意擔憂疫情。報復性文學提供庇護，並不是讓人逃避現實，而是讓人持盈保泰：在大難臨頭之際養足力氣，才得以在適當時機重出江湖。

（科幻小說《膜》作者、政治大學台灣文學研究所副教授）

序

凱特琳・羅普

二〇二〇年三月，書店裡開始熱賣一本十四世紀的書：喬凡尼・薄伽丘（Giovanni Boccaccio）的《十日談》（*The Decameron*），內容是一群男女因為瘟疫肆虐城市，因此躲在佛羅倫斯城外某處避開疫病，接著對彼此講述起一連串故事。在美國，我們剛開始居家隔離，學習何謂防疫隔離，許多讀者想從這本古老的故事中尋找指引。正當新冠肺炎病毒開始蔓延到全世界，小說家莉芙卡・葛臣（Rivka Galchen）找上了《紐約時報雜誌》，告訴我們她想要寫一篇故事來推薦薄伽丘的《十日談》，幫助讀者理解當下這一刻。我們非常喜歡這個點子，不過又想著，不如我們來寫自己的《十日談》，內容都是在隔離期間寫作的新小說？

我們開始跟作家聯絡，請他們提供創作概念，大概描述一下他們想寫的故事。有幾位正在寫小說而沒時間參與，有一位正在照顧幼兒，還不知道如果他要寫作，在這樣的情況下要如何進行；還有一位寫道：「恐怕我腦袋裡負責小說寫作的部分，在目前的危機下還找不到任何靈感。」我們都能理解，畢竟我們也不確定這點子能不能發展下去。

雖說如此，當病毒掐扼著紐約市，我們一方面滿是恐懼，哀悼所失，一方面卻開始聽見其他聲音，似乎有了希望，我們陸續碰上了有興趣的人和吸引人的故事概念。小說家約翰．瑞伊（John Wray）說他想要寫「一個在西班牙的年輕人將自己的狗租給別人，好讓他們可以假裝是帶著寵物出門散步，規避禁止出門的限制」。莫娜．亞瓦德（Mona Awad）則有這樣的點子：「有個女人在她四十歲生日那天去了一家高級SPA，希望體驗惡名昭彰的做臉服務當成給自己的特別禮物。她到了之後，SPA提供了一種高度實驗性的療程，包括移除某些糟糕的回憶，藉此讓肌膚達到真正的提亮、豐潤與平滑……」游朝凱告訴我們他有幾個想法，「不過最讓我興奮的是一個從兩種觀點講述的故事：一個是病毒，一個是谷歌搜尋演算法」。瑪格麗特．愛特伍想要寫的故事概念是：「有個外星人從某個遙遠的星球被派來地球，進行某個部分的星際救援任務，這個故事就是這個外星人講給一群正在隔離中的地球人聽的。」就這樣，整個概念就是如此。我們怎麼能拒絕？我們想要讀到所有故事。老實說，我們找了太多作家，只有一期雜誌根本塞不下，我們很快就發現，即使心痛不已，還是得停止繼續探詢作家。

故事陸續交稿時，即使我們仍然深陷在這段人生中最恐怖的經歷，而且愈來愈深，但還是知道這些作家正在創作藝術。我們並不期望這些故事能有多大能耐，可以將眼下的恐怖情境轉變成某種無比強大的力量，但卻提醒了我們，最好的小說既能夠讓你抽離自身神遊四方，同時似乎也能夠幫助你理解自己真正的所在。

這一期雜誌在二〇二〇年七月十二日出刊，這時的美國再次出現病毒感染暴增的狀況，讀者很快就給出了熱烈回響，我們的收件匣塞滿寫給編輯的信件，表達出這些故事如何慰藉了讀者的心。我們對這次計畫也別無所求，無論是原本的雜誌發行形式，或者如今您拿在手中的這本書，只希望能夠在這段黑暗而不安的時期中提供一些歡樂與安慰。希望您以身體健康的狀態讀著這本書。

導讀　救命的故事

莉芙卡・葛臣

十位年輕人決定要在佛羅倫斯城外進行隔離，時為一三四八年，正值鼠疫肆虐。受感染的病人會在腹股溝或腋窩長出腫塊，接著四肢浮出深色斑塊，據說有些人在吃早餐時看來還很健康，到了晚餐時間卻已經到了另一個世界與祖先一同用餐。野豬嗅聞著覆蓋在屍體上的破布又扯了扯，然後自己也抽搐而亡。那麼這些年輕人逃離了無可言表的苦難和恐懼之後，他們做些什麼呢？他們吃東西、唱歌，然後輪流對著彼此講述故事。在一段故事中，一位修女誤將情人的褲子套在頭上當成包頭巾；另一段故事則是一位心碎的女子在花盆裡種羅勒，盆子裡裝著被割下的情人頭顱。大多數故事都很愚蠢，有些令人傷心，但卻沒有一個故事的主題是在講瘟疫。這就是喬凡尼・薄伽丘的《十日談》這本書的架構，在將近七百年後的現在仍然備受讚譽。

薄伽丘本身就是佛羅倫斯人，最有可能是在一三四九年開始寫作《十日談》，同一年他的父親死了，大概是染上瘟疫。他在幾年內就寫完這本書，出版後馬上大受讀者歡迎，而這群讀者才剛親眼目睹了身邊將近半數的人民死亡。書裡的故事大多都不是全新創作，而是重新改編世人熟悉的老故事，薄伽丘在《十日談》最後說了個笑話，表示有些讀者或許相當輕視他，認為他無甚分量，但他解釋說自己其實體重挺重的。在這個時候，該如何看待他這一切玩笑嬉鬧呢？

我和許多人一樣，在三月中時看著兩隻跳岩企鵝在芝加哥雪德水族館（Shedd Aquarium）裡搖搖擺擺地逛大街，企鵝威靈頓（Wellington）還喜歡上了館內的白鯨。不過在那個時候，我大概已經讀了十幾篇有關新型冠狀病毒的文章，即使這些企鵝的影片讓我微笑，也能暫時躲開「新聞」的疲勞轟炸，這群有趣又隔離於人群之外的企鵝讓我在情感上接受了傳染病的真實性。五月，三隻洪堡企鵝造訪了堪薩斯市的納爾遜－阿特金斯藝術博物館（Nelson-Atkins Museum of Art），在空蕩到詭異的大廳裡流連，徘徊在卡拉瓦喬（Caravaggio）的畫作前。這些企鵝本身也是某種令人震撼的藝術，揭露出一直都存在著的真實，但過去則諷刺地掩蓋在資訊底下。

真相很容易受到忽略，或許是因為真相一直擺在我們眼前。我的女兒今年六歲，對於疫情並沒有什麼話說也不太問問題，除了她偶爾會冒出一套計畫：要把新冠病毒撕成一百萬片埋進土裡。她覺得若是直接思考關於疫情的事，這樣的「故事」太令人心煩了，但要是新聞報導個人防護的裝備，她的玩具人偶就會開始穿上用巧克力的鋁箔包裝紙、絲線和膠帶做成的盔甲，稍後又用棉花球包裹起來，玩偶陷入了某種我無法理解的全面戰爭。在比較安靜的閱讀時間中，我女兒開始著迷於《火之翼》（*Wings of Fire*）系列小說，書中年幼的龍正努力實現預言，傳說他們將終結戰爭。

如今每一刻都在發生的故事是如此強烈、真實而重要，為什麼要投向想像出來的故事呢？「藝術就是要讓生活比藝術更加有趣。」法國激浪派（Fluxux）藝術家羅伯特・菲略（Robert Filliou）在自己的一件作品中這樣說道，認為我們無法一眼就看穿生活的真相，彷彿生活就像那種錯覺圖像，德國畫家小漢斯・霍爾拜因（Hans Holbein the Younger）的畫作《出訪英國宮廷的法國大使》（*The Ambassadors*），只有觀看者站到一旁的時候才會注意到畫中的骷髏頭，若是正面盯著畫看可能會誤以為那只是一根浮木，或甚至完全不會注意到。在薄伽丘寫作所用的義大利文中，novelle 一字既能指新聞也是故事的意思，《十日談》的故事就是聽者能夠追蹤的新聞形式。（這些年輕人隔離的規矩就是：不得談論佛羅倫斯的新聞！）第一則故事是以喜劇的方式描述如何處理一個即將成為屍體的人，這段喜劇掩飾了一場大災難，熟悉到讓人無法理解。

不過在整本《十日談》的鋪陳中，這群年輕人講述故事的語調及內容不斷在改變。前幾天所說的大部分是笑話和不甚禮貌的故事，到了第四天則連續說了十個有關悲劇愛情的故事；第五天：描述相愛的人經過可怕的意外或不幸之後還能獲得幸福的故事。薄伽丘寫道，在黑死病期間，佛羅倫斯的人已經不再為了死者哀悼或流淚，過了幾天以後，他筆下這些說故事的年輕人終於能夠哭泣，表面上是因為聽了想像出來的悲劇愛情故事，但更有可能是由衷落下淚來。

薄伽丘這些避世者的故事中存在著矛盾，因為最終這些故事將當中的角色，以及讀者，帶回了他們所逃離之處。早先的故事設定在各種不同的時空背景，不過後來的故事則經常設定在托斯卡尼（Tuscany），或甚至就特地設在佛羅倫斯，故事中的角色也更貼近當時、更容易讓人認出其中的關聯。一名貪腐的佛羅倫斯法官遭人惡作劇被脫掉了褲子，每個人都笑了；一個叫做卡蘭德林諾的傻瓜一而再、再而三遭到戲耍、欺騙，我們應該笑嗎？到了第十天，我們聽到的故事中，世人面對著極度殘酷不公的世界，卻能展現出近乎無法想像的高貴情操。在感性的掩飾下（這只是一個故事），這些角色感覺到了希望。

薄伽丘在同一個框架下講述一連串故事，這本身就是重新運用了舊有的架構。在《一千零一夜》裡，雪赫拉沙德講故事給她的國王丈夫聽，如果國王覺得無聊就會殺了雪赫拉沙德，就像他對待先前的妻子一般。印度的《五卷書》中記載了各種故事，其中的角色通常是動物，有時也有人類，講述他們如何克服障礙、困境及戰爭。在這些例子中，故事從某個角度說來都能夠拯救生命，即使這些故事其中一個主要目的是娛樂，同樣是在拯救生命。在艱困的時刻閱讀故事是一種理解當下的方法，同時也是度過難關的一個方法。

《十日談》中的年輕人並沒有永遠離開家鄉，兩個禮拜後他們決定回去，他們回去並不是因為瘟疫已經結束，也並沒有理由相信已經結束，而是因為他們已經一起笑過、哭過，也想像過生活的新規則，於是終於能夠正視當下並思考未來，過往的故事讓他們這個世界的新聞，至少在那短暫的瞬間再次充滿生氣。Memento mori，意思是記住你終將死去，這句訊息你在平時可能忘記，卻值得謹記，也必須謹記；Memento vivere，意思則是記住你必須一活，這是《十日談》給我們的訊息。

認出

維克特・拉維爾

要在紐約市找到一間好公寓不容易，那再想像一下，要找到一棟好的公寓大樓就更不容易了。不，這個故事不是要說我買下了一棟大樓，我說的當然是人。我在華盛頓高地找到了一間好公寓，整棟大樓也非常棒，一棟六層樓的出租公寓就坐落於第一八〇大道與華盛頓堡大道交叉口。我租了一間單房公寓，對我來說已經相當足夠，並在二〇一九年十二月搬進去。你大概已經知道故事會怎麼發展了，病毒來襲，在四個半月之內，整棟建築物都空了。我有些鄰居逃到了其他住處，或者住到城外的父母家裡，而剩下其他那些比較老的、比較窮的，住進了十二個街區以外的醫院後就消失了。原本我是搬進一棟擁擠的公寓大樓，突然間就住在空蕩蕩的建築物裡。

然後我遇見了琵樂。

「妳相信有來生嗎？」

我們在大廳等電梯，這時候才剛開始封城。她問話了，但我沒說話，這跟說我沒回答可不一樣。我掛上緊繃的小小微笑，同時直盯著我的腳。我不是沒禮貌，只是害羞到不可思議，這個症狀是治不好的，就算是疫情期間也一樣。我是個黑人女性，人們發現我們之中有些人也是會放不開的時候總是一臉驚訝。

「這裡沒有其他人，」琵樂繼續說，「那我一定是在跟妳講話呀。」

她說話的語氣相當直接，卻不知怎地還是能夠聽來像在開玩笑。電梯來了，我看向她，這時才看到她的鞋子，是一雙黑白相間的尖頭牛津鞋，白色的部分漆得就像是鋼琴琴鍵。雖然都封城了，琵樂還是不嫌麻煩地穿上一雙那麼漂亮的鞋子。我剛從超市回來，腳上套著破爛的舊拖鞋。

我拉開電梯閘門，終於看著她的臉。

「終於啊。」琵樂說，就像是在稱讚一隻害羞的小鳥願意停在你手指上。

琵樂應該大我有二十歲。我搬進這棟大樓的那個月剛滿四十歲，我父母從匹茲堡打電話來幫我唱生日快樂歌。雖然看到了新聞，卻沒有叫我回家，我也沒提出這個要求。

我們住一起的時候，他們會問一堆問題，問我的生活、我的計畫，把我變回那個暴躁的青少年。不過我父親幫我訂了一大堆生活必需品然後讓快遞送來，這就是他一直以來愛我的方式：確保我生活無虞。

「我想要買衛生紙，」琵樂在電梯裡說，「但這些人都陷入恐慌了，所以我根本買不到。他們是以為只要屁股乾淨了，病毒就不會找上門了？」

琵樂看著我，電梯到達四樓。她走出去但仍擋著門。

「我說了笑話妳不笑，甚至也不告訴我妳的名字嗎？」

這時我笑了，因為這成了一場遊戲。

「那就是下戰書了，」她說，「我們會再見的。」她指向走廊另一端，「我住在四十一號。」

她放開了電梯門，我搭著到了六樓，開始整理買來的東西。當時我還以為一切事情很快就會結束，現在想想實在可笑。我走進浴室，我爸寄給我的其中一項物品就是三十二捲衛生紙。我回頭溜下四樓，在琵樂家門前放了三捲。

一個月後，我已經習慣了登入「遠端辦公室」，那一格格的螢幕上都是我們每個人的頭，看起來就像過去曾工作過的開放辦公室，我現在跟同事說話的頻率大概就跟以前差不多。門鈴響起的時候我一躍而起，馬上抓緊機會離開筆電。或許是琵樂。我套上一雙有扣環的樂福鞋，這雙也很破舊了，但總比我上次見到她時穿的那雙拖鞋好。

結果不是她。

是公寓大樓的管理員安德列，年近六十的他出生於波多黎各，脖子上攀著一隻花豹刺青。

「還在啊。」他說，藍色口罩底下透露出愉快的聲音。

「沒別的地方可去。」

他點點頭悶哼一聲，聽起來既像在笑，也像咳嗽。「市政府說我現在得檢查每間公寓，每天都要。」

他帶著一個袋子發出鏗鏘聲響，彷彿裝了一袋金屬蛇。我探頭一看他便拉開袋口：是銀色噴漆罐。「要是沒人應門我就可以用這個。」

安德列站到一旁，在走廊另一端的第六十六號公寓，綠色門上被噴上一個大大的銀色「V」字，才剛噴上的漆還兀自滴答著。

「『V』是指『病毒』（virus）嗎？」

安德列揚了揚眉毛。

「空置（vacant）。」

「這樣比較好聽，應該吧。」我們靜靜站著，他站在走廊上，我還在公寓裡。我這才發現自己應門時沒有戴口罩，於是說話時遮住了自己的嘴巴。

「市政府要你這麼做的？」我問。

「附近幾個區都要，」安德列說，「布朗克斯、皇后、哈林，還有我們，算是熱區。」他拿出一個噴漆罐搖了搖，裡頭的金屬球發出鏗鏘的聲響。「我明天會敲門，」他說，「如果妳沒有應門，我有鑰匙。」

我看著他離開。

「還剩多少人？」我喊著，「這大樓裡？」

他已經走到樓梯口要往下了，如果他有回答我也沒聽見。我走到門外的公共區域，這一層樓有六戶公寓，有五扇門已經被噴上了V字做裝飾。這裡只剩下我了。

你大概以為我會直接跑下樓去找琵樂，但我可不能冒著丟掉工作的風險。房東對於減租的事情一字不提。我回到電腦前面，就這麼待了一整天。我看到四十一號還沒被噴上漆，鬆了一口氣。我敲門敲到琵樂開門為止，她戴著口罩，我現在也是，但我看得出來她在微笑。她從頭到腳仔細打量著我。

「那雙鞋子的榮景不再囉。」她說，笑得燦爛如花，讓我感覺不到一絲尷尬。

琵樂和我會一起去超市，每個禮拜去兩趟。我們並肩而行，隔著一隻手臂的距離，若是對向有人迎面而來就會改成一前一後縱隊而行。琵樂整趟路上都講個不停，不管我是站在她身邊或身後都照講不誤。我知道有些人不喜歡多話的人，但她的絮絮叨叨落在我身上卻像是滋養的雨水。

她從哥倫比亞來到紐約，中間還在佛州的基威斯特短暫停留一段時間。她一直都住在曼哈頓，一路從底層打拚上來就這麼過了四十年。她會彈鋼琴，古巴鋼琴大師貝魯新是她的偶像，甚至還跟另一位古巴鋼琴家丘喬．巴爾德斯一起演奏過，現在則是在公寓裡教小孩彈鋼琴，一小時收三十五元美金。或者應該說她之前是做這個的，直到病毒襲來，讓小孩過來也就不安全了。「我很想他們。」她說。每次我們談話時都這麼說，然後封城從四個星期變成六星期，又從六星期變成十二星期。她總是想著不知道自己還能不能再看到她的學生及家長。

我表示願意幫她設定遠距的鋼琴教學，還用我的工作帳號幫她建立了免費的聊天會議。但這時封城已經過了三個月，琵樂也不像過往那樣愛開玩笑了。她說：「螢幕上讓我們以為彼此之間還有連結，可是那不是真的。可以離開的都離開了，剩下的我們呢？我們被拋棄了。」

她走出電梯。

「何必假裝？」

她嚇到我了，我現在知道了。不過我告訴自己我會變得更忙，好像自己改變了一樣，而事實是我逃離了她身邊。我們都活在絕望的邊緣，所以當她說出口：「我們被拋棄了。何必假裝？」就好像她是從深淵底下說話的，我發現自己已經太常陷入那道深淵。於是我自己去買東西，電梯經過四樓的時候便屏住呼吸。

同一時間，安德列仍繼續工作。我沒看到他的臉，他每天早上來敲門，我就從裡面敲回去，但我能看到他在工作的證據，某一週在一樓有三間公寓門上噴上了V字，下次我出門買東西時，另外三戶的門也噴了字。

二樓有四間。

三樓有五間。

某天下午，我聽到他在踢四樓的一扇門，叫喊著誰的名字，因為他戴著口罩遮住嘴巴，我幾乎認不出在叫誰。我離開公寓走下來，安德列站在四十一號門前的身影看起來很渺小，拚了命在踢門。

「琵樂！」他又叫喊起來。

他一轉身，很意外看到我出現了，他眼睛都紅了，右手的手指現在已經全都變成銀色，看來是洗不掉了。我很好奇他到底能不能夠把噴漆洗掉，不過要是這工作一直做不完，他又怎麼能洗呢？

「我沒帶鑰匙，」他說，「我要去拿。」

「我留下來。」我說。

他衝下樓梯，我則站在門邊，也不打算敲門了，要是那陣狂踢沒吵醒她，我還能怎麼辦？

「他走了嗎？」

我差點跌坐在地上。

「琵樂！妳在整他嗎？」

「不是，」她透過門說，「但我不是在等他，是一直在等妳。」

我坐了下來，這樣我的頭跟她聲音的位置就差不多高，我聽見她吃力的呼吸聲從門另一邊傳過來，「已經好一陣子了。」她終於開口。

我側著頭，靠在冰涼的門上：「對不起。」

她吸吸鼻子：「就算是像我們這樣的女人也會害怕像我們這樣的女人。」

我拉下口罩，好像口罩會阻擋我真的必須說出口的話，但是仍然不知道該說什麼。

「妳相信有來生嗎？」

「那是妳問我的第一句話。」

「我在電梯前看到妳的時候就知道我們以前見過，認出妳了，就像看到家裡的人一樣。」

電梯到了，安德列走了出來。我戴好口罩站起來，他打開門。

「小心，」我說，「她就在那邊。」

但是他推開門的時候，玄關空無一人。

安德列發現她躺在床上，已經死亡。他走出來的時候手裡拿著一個袋子，上面寫了我的名字，裡面是她那雙黑白相間的牛津鞋。左腳裡放著一張字條：等妳下次看到我的時候再還我。

我得多套上一層襪子穿起來才會合腳，不過我去到哪裡都穿著。

如斯藍天

莫娜・亞瓦德

現在，妳的生日比其他什麼事情都重要。妳一直擔心著，這幾天一直傳訊息給朋友們就是為了這個：我很擔心，加上一個痛苦的表情符號，眼睛的部分是個X，嘴巴張成了O形，嘲笑著自己和自己愚蠢的擔心。然而擔心是真的。這也是為什麼妳還是不顧一切地來了。這是妳在暗網上找到的地方，雖然封城了但還是開放，在市中心的一處閣樓套房。治療室就像一個黑暗的子宮，充滿了蒸氣與尤加利精油，光線既昏暗而令人安心。妳全身一絲不掛地躺在溫熱的檯子上，一個女人用某種羊的胎盤搓揉著妳的臉，妳可以感覺她的指關節深深掐進妳的臉頰，擠壓著妳的淋巴。還有很多東西要擠，她說話的聲音很輕柔。「當然，」妳輕聲說，「擠吧。」

女人穿著一身黑色套裝，看不出年齡，頭髮往後梳成了一個緊緊的包頭。深呼吸三次，很好，她說。我跟妳一起做，我要跟妳一起做嗎？她在手上擦了精油然後放在妳的口鼻上方。別擔心，她說，或許是感覺到妳的害怕與遲疑。我們做好了一切預防措施，嗯，好吧。妳們一起深呼吸，感覺妳的胸膛鼓起又放鬆。

對了，她說，好多了對不對？

妳聽見在一段距離之外的地方有處噴水池，輕柔的音樂是用妳認不出來的樂器演奏，像是用一個低劣的鈴鐺不停敲奏著，但音色很美。

現在她說：「我要開燈了，這樣才能評估妳的肌膚。燈光很亮，所以我會蓋住妳的眼睛。」她在妳闔上的眼皮上各蓋上一塊溼潤的化妝棉，讓妳想起了蓋在死者眼上的銀幣。燈光非常明亮，即使蓋著化妝棉妳也感覺到了，有如烈火燃燒的紅，照在臉上十分灼熱，再加上她的雙眼也正看著妳。

「好了，」妳終於開口，因為實在無法再忍受她的沉默，「怎麼宣判？」

「這一年妳過得很辛苦吧，是嗎？」

妳腦中浮現影像，妳獨自一人待在公寓裡擔心害怕，窩在沙發這塊孤島上發抖，全身有如火燒，呼吸時就像快要溺斃似的，同時雙眼不斷冒出淚水。

「我們不都很辛苦嗎？」妳輕聲說。

「恐怕都出現在這裡了。」她終於說，手指指腹撫過妳額頭上的紋路，滑過妳雙眉間的深谷；摸過妳鼻子周圍的血管、嘴脣周圍的皺褶，叫做鼻脣溝，妳這才發現有這個稱呼，甚至不是因為愛笑才出現的法令紋，她的撫觸是如此溫柔，妳眼裡落下一滴淚珠。

她拿起了妳眼皮上的化妝棉，把鏡子放在妳臉前。

「記憶和皮膚息息相關，」她說，「有美好的回憶就有漂亮的肌膚，不美好的回憶……」她說到這裡就沒再說下去了，畢竟鏡子裡看得很清楚，不是嗎？

「不如我們來想想辦法，怎麼樣？」她說話的聲音就像愛撫一樣。

妳說：「什麼？」

而她說：「首先我必須問妳：妳有多麼捨不得自己的回憶？」

妳看著鏡子，人生中的苦難都刻印在皮膚上了，毛孔張得大開就像發出無聲尖叫的嘴巴，光是去年妳所受的苦都讓皮膚暗沉了一階，可能永遠也白不回來了。

妳對著自己的倒影說：「捨得，沒什麼捨不得的。」

現在妳就在這裡，站在夏末某日下午明亮的陽光之中，太陽仍高掛天空，如此和煦的金黃。妳蹦蹦跳跳走出大樓的腳步輕盈，妳蹦跳著，有何不可呢？畢竟今天是妳的生日，對吧？可沒忘了這個。妳想著不知道自己忘掉了什麼，想起那個女人在自己整張臉上貼滿了那些光滑的黑色圓片，那些圓片都連接著電線，接往一臺有各種轉盤的機器，女人轉動著轉盤就像調整音量鈕，妳在牙根深處嘗到了金屬的味道，現在想來有些好笑，妳感覺一股電流沿著顱骨竄流時還尖叫出聲了。

大樓一樓大廳的店家都關門了，不只是關門，前方玻璃窗也破了，好像是有人朝玻璃窗扔了磚塊。店內一具光頭白色假人光溜溜地站著，手腕上還掛著一個閃閃發亮的天鵝造型皮包，好像她打算什麼都不穿就要去參加派對了。她閃耀的雙眼盯著妳看，紅脣揚起微微的笑容，妳腹中突然脹滿了黑暗，恐懼蔓延到四肢，但是這個時候妳看見自己映照在碎玻璃上的倒影，光彩照人、精神奕奕，絲毫不留痕跡，這是妳心裡浮現最強烈的詞彙：「絲毫不留痕跡。」有些奇怪，「絲毫不留痕跡」說的不是毀滅嗎？妳的臉看起來跟毀滅可完全相反，就算妳身上穿著的黑色連身衣破舊得很可悲，那又如何？妳的臉擁有妳所需要的一切光彩、生命力以及顏色，要再增添什麼幾乎都嫌太多。妳美得把所有人都比了下去。

搭著計程車回家，妳對著窗戶映照出的自己微笑，也對著後照鏡映照出的司機微笑，但他並沒有微笑回應。

「今天生意很忙嗎？」妳問。

「沒有。」他說，一副以為妳瘋了的樣子。他是在瞪妳嗎？他戴著一條領巾遮住自己的口鼻，實在很難看出來。或許他生病了？是什麼病，妳暗暗想著，希望他好起來，真可憐。妳努力想在臉上表現出這份好意，但他只是在鏡子裡冷冷盯著妳，一直盯到妳挪開視線，望向窗外。整座城市看起來既空蕩又髒亂，實在不可思議。妳放在腿上的手機震動起來，有人傳了簡訊來，是黑暗之王。

好吧，他說，我可以跟妳見面。

畢竟是妳的生日。

六點在公園，天鵝池塘旁邊的長椅。

妳往上滑去看之前的簡訊。我必須見你，顯然妳兩個小時前才剛發了簡訊給黑暗之王。拜託，妳懇求了三次。真有趣。

好吧，既然是妳想見他，他會真的那麼可怕嗎？必須呢，對吧？而且他跟妳又熟識到知道是妳的生日，所以……

不如我們找地方喝杯酒吧？妳回覆了簡訊。

喝酒?!他說。對啦，最好是，公園見。

跟黑暗之王約會，既恐怖但也很刺激，對吧？妳看著自己映在車內隔板上的臉，一見到自己的樣子隨即就平靜下來，想像著太陽從一團烏雲背後閃耀出光芒，妳就站在那道美好的心靈之光中，多麼美麗，多麼耀眼奪目。

公園到了，妳想要付現給計程車司機，但是他猛烈搖著頭。他不想要妳他媽的付現，只能信用卡付款，拜託。妳站在原地看著計程車在空蕩蕩的街道上呼嘯駛離，這才注意到人行道上也空蕩蕩的。公園裡的草比起妳上次來這裡的時候似乎長得更亂更雜了，一對情侶快步走在圍繞著池塘的步道上，頭壓得低低的。

妳看見一個穿著黑色連帽衫的男人獨自坐在天鵝旁的公園長椅上，一定是黑暗之王。妳當然會害怕，但大多是感到興奮，一場冒險呢！妳現在最想要的就是一場冒險。妳走在碎石子路上，一路蹦蹦跳跳，經過那對情侶身邊，能夠近距離看到他們讓妳感到心安：有人！不過妳靠近他們的時候，微笑著正準備說：哈囉！今天可真安靜，對吧？對啊，至少這公園都是我們的了，哈哈哈！他們卻偏離了小路走到雜亂的草地上，一直走到了一棵垂柳附近好避開妳，他們一邊走還一邊瞪著妳。妳正想說：搞屁啊？這時聽見有人喊妳。

妳看過去，原來是妳的前夫班。他坐在長椅的最邊邊，睜著悲傷的雙眼盯著妳。他手裡拿著一個扁酒瓶，樣子看起來糟透了，既浮腫又憔悴。

「班？」妳說，「真的是你嗎？」當然是他，妳只是不敢相信黑暗之王就是班，大概是某個晚上用來娛樂自己的一個小玩笑，妳喝醉了就開始幫聯絡人取些好笑的名字。太好笑了，妳上次見到他是什麼時候？妳努力在腦海裡思索著，但想不起來，就像遇到一堵石牆。

「茱莉亞，」他說，「見到妳真好。」

不過他看起來並不好，看著妳時仍皺著眉，真是奇怪，畢竟妳現在看起來棒極了，老實說，選今天跟前夫碰面實在不能再好了。

「見到你也很開心。」妳告訴班，但是他沒有微笑。

「我挑了這張長椅，因為這是最長的，」他說，「這樣就能各坐一邊。」他伸手表示長椅的長度，妳看到他已經在另一邊放了一瓶螺旋蓋封住的紅酒和一個白色小盒子，「為妳的生日準備的，」他說，「生日快樂。」

「謝謝。」妳說，馬上就想起班本來就怪怪的，顯然他現在還是很怪。

「別擔心，」他說，「整個瓶子我都擦過了，還有長椅。」他小心翼翼地微笑了。妳注意到他脖子上掛著口罩，是用花朵圖案的布料做的，看起來好像是他自己用縫紉機以及從桌布裁下來的布料做的，可能是妳的舊桌布。

看見口罩似乎引起了某種反應，是一股冷意，但很快就消失了。看來他害怕病菌的毛病愈來愈嚴重了，人活得愈老就會愈奇怪，實在是很悲哀，讓妳對他有些心軟了。

妳跟班一起坐在長椅上，喝了紅酒並打開白色盒子，裡面是一個女主人杯子蛋糕，他向妳保證沒有人碰過。太好了，妳說。妳微笑著，等著他因為妳的回應而崩潰。但他只是一直四處張望，好像在害怕什麼。

「聽著，我真的不能久留。」他說。

「沒關係。」沒關係，妳能理解，完全能夠理解。理解到這點似乎讓妳得到某種力量，妳咬了一口杯子蛋糕，班很明顯放鬆下來，輕鬆到讓妳覺得他似乎剛剛同意了某件可怕的事。

妳對著班微笑：「這是怎麼回事？」

他看著妳，一臉正經嚴肅：「是妳邀我出來的，記得嗎？」

我必須見你，拜託。

「喔，對喔。這個，我想碰面聊聊應該不錯。」沒錯，聽起來就像妳會做的事。

班看著妳，好像以為妳瘋了似的，接著重重嘆了一口氣：「聽著，茱莉亞，妳知道我關心妳的。」

「我也關心你，班。」能夠回應這句話真好，感覺很真實。

「但是我們必須設下界限。」他馬上又說，意味深長地從長椅另一端看著妳。

「當然，」妳同意，「設下界限很好。」他媽的他到底在說什麼？

「我有女朋友了，妳知道的。」

妳現在才注意到他需要剪頭髮了，他的頭髮又亂又長，就像這裡的草地。

「當然，」妳點點頭，「恭喜。」

他看起來相當驚訝：「妳只想說這個嗎？」

妳突然覺得他的眼睛很陌生，以前不是藍色的嗎？現在卻只是淡淡的灰色，眼白的部分充滿紅色血絲。

「你想要我說什麼？」

「聽著，茱莉亞，那天晚上完全搞砸了，好嗎？我也搞砸了，我承認，可是妳打電話給我又哭成那樣，我還能怎麼辦？我是說，我還有什麼選擇？」

妳在記憶中搜尋那天晚上的事，但不管哪天晚上都想不起來。妳努力想像自己打電話給班，撥號時眼淚奪眶而出。只是身邊盡是藍天，這樣的色彩最令人愉悅了。

「我只是幫妳帶些生活用品，」他說，「我跟妳說了我只是要幫妳帶生活用品，只要是朋友生病了我都會這麼做。」

他說的那個詞彙就像一記巴掌，「生病」？那個詞彙在妳耳中聽來似乎很不對勁，跟妳現在的感覺完全不一樣，就算是班說的也一樣。看著他這樣努力要激怒妳，他才生病了呢，他看起來有一千歲那麼老了。

「我只是想要把東西放在門外就走，」班傷心地說，「但是又聽到那個聲音。」現在他閉上雙眼，看起來如此痛苦，實在很荒謬。

「什麼聲音？」妳想起治療室中那陣可怕又美麗的鐘聲，即使是現在，妳腦中也不斷響起那連綿不絕的銅鑼聲。

「妳，」班說，「不斷叫喊、啜泣，在門的另一邊大口喘氣。獨自一人，一次又一次哀求我進去。」

妳看著他，他搖搖頭，「說實話，我還常常會想起。」班看著妳說，似乎是在等著妳崩潰，因為這天晚上妳顯然是絕望到了谷底，如今該感到羞愧吧，這天晚上妳的哀傷發出了讓他永遠無法忘記的聲音，顯然也無法抗拒，這個時候妳知道妳和班肯定是上床了，妳肯定是搞上了黑暗之王，或許因此他的名字才成了黑暗之王。

「我們太不小心了，」班叫喊著，「我太不小心了。」

他的聲音就像一塊磚頭，試圖要敲碎妳，彷彿妳有如此脆弱。或許妳曾經是的，妳看著這一切，就像是從很遠很遠的地方觀察著一項悲哀的事實。但是妳現在是敲碎不了的，就算冷意慢慢竄進妳身體裡，妳的紅唇就像那個假人模特兒一樣，感覺兩瓣唇現在緊緊抿著拉出假人的緊繃微笑。妳閃閃發亮的眼睛看著班，班撇過頭去盯著天鵝。

「或許只是花粉症，謝天謝地，」他說，「每年這個時候妳總會犯病，然後妳老是會忘記，以為是更嚴重的病。妳總是覺得自己要死了，茱莉亞，以前就是這樣了，甚至在這一切之前就是這樣。」他說到這裡，朝著四周的世界揮了揮手，天鵝、天空、低垂的樹木和雜草叢生的公園，一群人從你們身邊走過，都戴著口罩，妳現在注意到了，他們和班一樣戴著自製的口罩或者跟計程車司機一樣的領巾。他們走到一半停下腳步轉身面對妳，瞪著妳毫無遮掩、光彩煥發的臉，因為不管這一切是為了什麼，妳都忘了這件事，這份記憶被消除了，那個一身黑衣的女人帶走了。

突然，妳想要拉住班的手壓在自己臉上，他的手上長了幾處硬繭，其他地方則很柔軟，握住妳的手時感覺總是溫暖而乾燥。妳現在想起來了。妳朝著長椅長長的另一邊伸出手，班的臉黯淡下去，看著妳的手好像看著一條蛇，然後才喃喃說他該走了。他站起身，妳揮揮手跟他道別，然後又向那群瞪著妳的人揮手打招呼，反正妳都已經在揮手了，不如就一起做吧。他們被妳嚇得倒抽一口氣，實在有夠悲哀，這樣的日子裡有什麼好怕的？如斯藍天有何懼？這樣美好的一天，是妳的生日。

散步

卡蜜拉・沙姆西

雅茲拉推開了門站到路上。妳確定嗎？她的母親在花園裡說，她正在花園裡繞圈子散步，四十五秒就能繞一圈。

大家都這麼做，就連單獨行動的女人也是，雅茲拉說，不過她站在外頭時仍讓門敞開著，緊抓著手提包，裡面除了手機什麼也沒有，手機既能讓她感覺安全些，同時又好像更容易成為目標。五分鐘！佐拉大喊，邁著如往常一樣的輕快步伐走向雅茲拉，街上肯定有一半的人家都聽到她的聲音了。我只要五分鐘就能走到妳那裡，可能還不用。

似乎不太可能，畢竟她們兩家之間開車的距離就幾乎是那麼長時間，但佐拉堅持是這樣沒錯：交通問題，又是單行道。雅茲拉關上門，聽見母親中斷她在花園裡的繞圈子，走到車道上從裡面把門閂上。洗手，雅茲拉透過大門和牆壁間狹窄的縫隙間說，她母親回說好啦好啦，沒問題，偏執狂小姐。

她們出發了，佐拉在她身邊幾英尺又超前一步的距離。沒有人行道，所以她們走在路上，但即使是平時，這條住宅區的街道上也沒什麼車輛來往。走過了幾間房子後，一個女人站在露臺上朝這兩人舉起手，這個女人自從這棟房子蓋好就住在這裡，將近有二十五年了，就在雅茲拉念完大學回家之後不久。雅茲拉也舉起手回禮，這是她們第一次互動。

才四月初但冬天已成過往了，這是她對喀拉蚩[1]的記憶。雅茲拉拉了拉身上的卡米茲長袍，潮溼的空氣讓長袍黏在她肌膚上。佐拉穿得就像她們一如往常到公園裡散步一樣，一件瑜伽褲搭T恤。她們上一次在公園裡散步已經是三個多禮拜以前的事了，只是佐拉每天還是會開車去餵公園裡的貓，公園的警衛也跟她一樣關心動物，所以為她打開上鎖的門。

對話的主題只有一個，但是可以細分成許多不同的次要題目，她們來回穿梭在日常和末日過後的景色之間，沿著筆直而空曠的主要幹道行走，氣氛安靜到顯得詭異，一直到海水的氣味讓她們也陷入沉默。她們看著前方大海的波光粼粼好一會兒，突然她們就到了，沙灘一望無際，顏色像是駱駝的棕色，如此原始，海水拍打在遠處的沙上顯露出灰色。賣小吃的小販、沙灘車、賣風箏的、並肩坐在海堤上的情侶，以及各自開車往這裡的家庭，他們原先都渴望尋找著一個能讓喀拉蚩的城市喧囂轉為笑容的地方，而今這些都消失了。兩個戴著口罩的警察騎馬走向她們。

警察指示她們離開，於是她們從另一條路線回家，迂迴地穿過比較狹窄、兩旁路樹成蔭的街道，不時停下腳步討論幾棟房子的建築，即使她們幾乎一輩子都住在這座巨大城市中小小幾平方英里內的區域，先前卻從來沒注意到這些地方。途中意外的是，她們發現自己走上了一條到處都有人在散步的道路，其中有幾個是她們認識的人，大家都朝她們揮手，人人都很高興看到彼此，即使彼此距離不算大，也非常刻意表現出要保持距離的樣子。年紀還不算青少年的小孩騎著單車疾速繞過她們身邊，看來沒有大人陪同。這是這個地方所見過最接近街頭派對的時候。雅茲拉看見一個老同學，叫喊著跟對方打招呼，並不在意自己的聲音有多高，或者可能會引來注意。她將皮包簡單地掛在一邊肩上，甚至沒關緊，在那一刻，這個世界似乎從來沒有這麼美好過，既寬容又安全。

1 位於巴基斯坦的城市。

等到這一切都結束後，或許我們有時候也能來這裡散步，不必老是在公園裡繞圈子，佐拉說。或許吧，雅茲拉說。

洛杉磯河故事

科姆・托賓

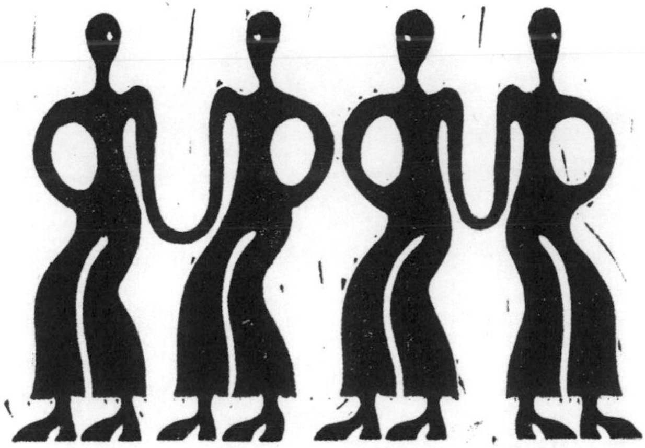

我在封城期間寫日記，一開始是寫下我自己開始隔離的日期：二〇二〇年三月十一日，地點則是洛杉磯高地公園。第一天，我抄寫下那天早上在一輛露營車上看到的標語：「錄影中請微笑。」

寫下第一行之後我就想不到其他的了，在那之後就沒發生太多事情。

我希望自己可以說我每天早上都起床寫了一個新章節，但其實都賴在床上，日子一天天過去，我只是忙著狠狠批評我男朋友的音樂品味，而H買了新喇叭這件事讓我更是氣惱，因為原本只是模糊的刺耳音樂，現在都變清晰了。

人可以分成兩種，一種是十幾、二十歲時就開始聽巴哈和貝多芬的，另一種則不是。H就不是，他收藏了一大堆黑膠唱片，其中倒是幾乎沒有古典樂，也沒幾張是我喜歡的。

而且H和我也很少讀過同一本書，他的母語是法語，習慣推理邏輯思考，因此他在自己的房間裡讀哲學家賈克．德希達與吉爾．德勒茲，我則在另一個房間讀珍．奧斯汀與艾蜜莉．狄金森。

他讀藝術家哈利．道奇的作品；我則讀文學評論家大衛．洛奇的作品。

有位作家住在中西部一座小城市裡，我已經讀完了他兩本書，很喜歡他在小說裡能夠顯露出自己的情感。雖然我從來沒見過他，卻真的希望他能快樂。我很開心在網路上得知這位作家有位男朋友，而且看到他幾則貼文中描述了他們過著快樂的家庭生活。H其實見過他，他也很高興這位作家跟自己所愛之人能穩定交往。

我們很快就開始瀏覽這位作家的貼文。他回到家時，男友總是準備了花等著他，我們看著花束的照片。

這位小說家還會烤餅乾，或者至少他的貼文是這麼說的，而且他和男友每天晚上都會一起看電影，兩人都能深受啟發。

對我們每個人來說，總是會有如黑影般的人、如黑影般的地方、如黑影般的事件，有時這些黑影占據的空間可能還大過於真正發生過的空白。

那樣的空白讓我顫抖，不過黑影也讓我好奇。

我非常喜歡想著那位如黑影般的小說家及他的男朋友。

然後我試圖想像著如何描述家庭生活中的各種微小幸福，如何分享空間、音樂、小說和電影，在網路上貼文展現我們的愛。

但是無論我如何想像，我們根本不可能決定晚上要看哪部電影。第一週，我們說好了要挑選背景設定在洛杉磯的電影，包括了《穆荷蘭大道》以及《替身》，我覺得第一部的步調太慢，而第二部的措辭又不太吉利；H不但很喜愛這兩部電影，而且因為他對電影有研究，還想要跟我討論一部電影的影像如何能夠滲入影響到另一部，一部電影中又包含了多少隱藏的彩蛋與偷偷致敬的手法。

我去看電影只是為了娛樂自己，上床睡覺前的一個小時，氣氛變得相當緊繃，因為H跟著我在房子裡繞來繞去，不斷跟我講述這兩部電影真正的涵義。

那就是我最愛他的時候：他對電影懷抱著如此懇切而熱烈的情感，深受螢幕上呈現出來的概念與影像感動，非常急切地想讓我們的對話保持在嚴肅討論的層面。

不過若是心情不好的晚上，我就控制不了自己而只會回答：「那部電影爛死了！根本在汙辱我的智商！」藉此回應他各種詳盡又貼切的理論引述，包括法國名導高達、名劇《等待果陀》以及法國導演居伊．德波[2]。

我一一爬梳歷史上知名的同志情侶姓名：英國作曲家班傑明．布瑞頓和英國男高音

2 同時也是作家、哲學家。

彼得・皮爾斯、美國作家葛楚・史坦與前衛運動成員愛麗絲・B・托克勒斯，還有英美小說家克里斯多夫・伊薛伍德和美國肖像畫家唐・巴查迪。為什麼他們總是一起煮飯、一起為彼此作畫，或者一人寫歌給另一人唱？

為什麼只有我們是這個樣子？

現在或許是個好時機，讓我和H可以像成熟的大人一般，終於能夠開開心心地開始閱讀彼此最愛的書。

但是，我們只是各自讀了更多自己喜愛的書。說到了文化，他就像童謠裡那個不吃肥肉的傑克・史皮拉特，而我是他那個不吃瘦肉的太太。

我最喜歡的就是看到某件我認真對待的事情，到了別人眼中卻一笑置之；或者我認為荒謬無比的事情，其他所有人卻嚴肅以對。

封城開始的時候，我覺得洛杉磯河及其所有支流都滑稽可笑，不過我很快就會知道真相了。當整個保持社交距離的緊張氛圍已經過去了一半，我希望永遠都不會再聽到一個音符響起，尤其那音符配上了詞，來自超級調音（Superpitcher）的〈小銳舞者〉，H非常喜愛這首歌，總是大聲播放出來。

我不會開車也不會煮飯，我不會跳舞，不會用機器掃描一頁紙或者用電子郵件傳送圖片，我從來就不會自願用吸塵器吸地，或者自動自發整理好床鋪。

不過畢竟是住在別人的房子裡，很難合理化我這一切行為，我暗示說這一切無能都是因為我童年受過創傷，要是那樣不管用，我就會說（即使沒有提出任何證據）雜亂無章是深度思考者的特色，深度思考者都是願意改變世界的人，馬克思雜亂無章、亨利．詹姆斯邋遢懶散、沒有證據顯示詹姆斯．喬伊斯會清理自己製造出的髒亂，而且德國政治家羅莎．盧森堡真的很沒章法，更別提蘇聯革命家托洛斯基了。

我真的努力表現了，例如每天我都會把洗碗機裡的碗盤拿出來，而且每天也會幫H煮幾次咖啡。

但是有一天，H說該來吸一吸屋裡的地板了，我回答說這件工作可能要等一等比較實際，等我出去某處辦朗讀會或者教學時再做。

「讀一下報紙吧，」H說，「出門已經是過去的事了。」

乍聽之下好像在指責我，然後看見H用法國人的眼神直直盯著我，這話聽起來就像威脅了。

很快，吸塵器的聲音就在整間房子裡隆隆作響。

我喜歡我們無事可做的日子，同時眼前還有許多這樣的日子要過，我們就像一對年長的戀人，已然成熟而明智，能夠接上彼此書寫的段落。我們唯一的問題就是對什麼事情都沒什麼共識。

我們在封城期間很快樂，比我們之前還快樂了一段時日。但是我希望我們可以像那位小說家和他的男友那樣快樂、就像其他同志情侶那樣快樂，過著輕鬆而滿足的日子。

我在花園裡找到了一處可坐下來閱讀的地方，屋裡播放著震耳欲聾的音樂時我就待在外面，你或許可以稱之為浩室音樂（House Music），不過也是很吵鬧的音樂。

一天正當我要出去時，我發現H把唱針從唱片上拿了起來，他說他這麼做是因為不想讓音樂打擾到我。我感到十分愧疚，想要假裝這音樂其實完全沒有打擾到我。

「你不如繼續放吧？」我說。

有一秒的時間，然後是兩秒，我覺得這音樂相當令人興奮，我內心的青少年似乎醒來了一會兒。這是發電廠樂團的作品，我停下來開始仔細聽，對著H露出讚許的笑容。我幾乎就要喜歡上這音樂了，接著卻犯了錯，我試著想跟著節奏跳起舞來。

我所知道的舞蹈就只有《週末夜狂熱》這部電影，我在一九七八年被迫去看了，當時我在都柏林負責照顧一群西班牙學生。我討厭這部電影，後來一位研究密碼符號學的同事用緩慢的英文，跟我解釋其中的運作，我就更加討厭這部電影了。

但是我對跳舞的認知只來自那部電影。幾年來，雖然我也會流連迪斯可舞廳，但我對於後面的小房間、側眼打量著別人以及毫不掩飾的酒精更有興趣，而不想理會跳舞的妙處。

儘管如此我還是努力嘗試，H也一直看著。我跟著音樂的節奏移動步伐，雙手在身邊擺動著。

H努力不皺起眉頭。

默默地，就像犯了什麼錯似的，我躡手躡腳溜走了。巴布．狄倫有首歌唱著：「這裡有事正發生，但你什麼都不知道是吧，瓊斯先生？」我感覺自己就像瓊斯先生。

我知道了，並不是我在嘲弄發電廠樂團，就像我到目前為止在做的，而是發電廠樂團在嘲弄我。

「你不夠酷，不應該聽我們的音樂。」發電廠樂團這樣輕聲地說。

在花園裡，我躺進掛在石榴樹上的吊床上，埋首閱讀亨利．詹姆斯。

我們在網路上訂購了腳踏車，我想像著我們騎著車在郊區的街道上奔馳，經過瑟瑟發抖的平房，裡頭有人蜷縮著，他們從這個河道衝到另一處河道以尋求救贖，像是祈禱一般狂熱地洗著手。

我想像著，他們應該可以透過窗戶看見我們自在地騎車經過，就像某張人們已經遺忘的黑膠唱片封面上的圖案。

兩輛腳踏車比預期的還要早了幾天送來，唯一的問題是需要組裝。

H開始研究說明書的時候，我想要偷偷溜走。他把話挑明了說，在進行這項浩大工程的時候他需要我在旁邊，我則堅持自己有幾封要緊的電子郵件要寄出。不過沒有用，他命令我站在那裡擺出關心的樣子，同時他躺在地上揮汗如雨又疲累，問著天上的上帝為什麼製造商要送來錯誤的螺栓和螺帽，然後螺絲又不夠多。

我想像著網路上那位小說家，就是快樂的那位，跟他的男朋友一起承擔這份工作，兩人同心協力找到合適的螺絲，然後發現那幾支細長的金屬桿，H說那是不小心被誤放進來的，其實是用來穩定前輪的，我發現了這點但H沒有。我想起了班傑明·布瑞頓、葛楚・史坦、克里斯多夫・伊薛伍德以及他們的伴侶，他們就會知道如何擺出有共同參與的樣子。

因為H大發雷霆，不只是對著腳踏車和製造腳踏車的工廠發脾氣，還對我發脾氣，畢竟這一切都是我的點子，我決定現在最好召喚另一個版本的自己，我上一次使用這個版本是在學校裡，當我不知道為什麼x等於y的時候。

我裝出蠢笨的樣子，但是也表現出傷心與謙遜，有一些平靜，但非常認真投入。很快地，經過一番挫折與嘆氣，腳踏車終於組裝好了，我們戴上安全帽和口罩便出發了，一路滑下山丘的感覺是如此愉悅而歡樂，拋開了一切控制，就像高雅肥皂廣告上的兩位男子。

我已經好幾年沒有騎上腳踏車了。我讓這臺機器一路滑下阿德蘭特大道，抵達名稱好聽的輕鬆街，然後到了約克再接瑪彌翁路，進入阿羅約謝科公園，此時我糾結成團的靈魂似乎有了什麼變化。這一路不是下坡就是平坦道路，路上沒有車流，只有幾個戴著口罩的行人走在人行道上，一臉驚訝。

我不知道洛杉磯河原來有道支流流經這片公園，一處河岸邊還建了自行車道。很難用普通的文字來形容這條所謂的河流，這條河叫做阿羅約謝科，西班牙文中是「旱溪」

的意思，確實很乾，或者說也夠乾了，實在不能說有河岸，畢竟這不算是真正的河流。

完工之後，洛杉磯會很漂亮。

這條拉起圍欄的溝渠很快就能匯流進入有著宏偉名字的河流，不過雖然最近下過雨，溝渠內還是沒有水。我一直都認為洛杉磯河及其細小的支流正在受苦，哭喊著求人憐憫。

而現在，我推著腳踏車上了車道，覺得自己找到了這座城市的某些元素，這是我過去未能發現的。沒有車會來這裡，沒有人會拍下這幅奇怪而悲傷的奇景，也就不會將照片發送到全世界，不會有人宣傳著：「歡迎來洛杉磯！在河邊騎腳踏車吧！」頭腦正常的人都不會來這裡。

不過這裡已經相當美麗了，我不應該嘲笑洛杉磯河。

我正反覆咀嚼著這些深沉而令人感到自由的思緒，H迅速騎過我身邊。我看向身後時，看見了那位小說家和他的伴侶，是那對快樂的、在網路上的伴侶，有如鬼魂一般，身後跟著所有歷史上快樂的同志伴侶，盡他們全力騎著腳踏車。我換了檔，騎到他們前頭更遠的地方，跟上了H，盡我全力趕上他。

病歷

麗茲・摩爾

二〇二〇年三月十二日

事實：寶寶發燒了。

證據：兩支體溫計都連續出現令人擔心的讀數，攝氏三九．九、四〇．一、四〇．四度。

證據：寶寶的皮膚發燙，雙頰通紅，而且全身發抖。他在照顧寶寶的時候便已經發現不對勁：嘴巴掀動的方式不對，嘴脣下垂，雙手和雙腳也虛軟無力。寶寶的聲音不像在哭，而有如貓叫。

事實：寶寶經常會發燒。

證據：兩個寶寶住在家裡的這段期間經常都會發燒。寶寶已經在這個家裡住了三年又九個月。

相信：三．七五歲大的寶寶沒有發燒。

證據：三．七五歲大寶寶的額頭很涼。

方法：三．七五歲大寶寶的母親躡手躡腳地走進她房間，屏住呼吸且避開特定幾塊地板，低頭把嘴唇貼在寶寶皮膚上，因為嘴唇是人體上最好用的發燒檢測器。

問題：為什麼體溫計的讀數會讓我們必須去小兒科急診室一趟？

研究過程：寶寶的父母進行了好幾次網路搜尋，使用的是以下關鍵詞組：

小兒科體溫急診室、

發燒攝氏四〇．四度　急診室。

答案：網路搜尋的結果是兩組互相矛盾的建議。

A. 馬上去。

B. 給寶寶吃泰諾強效止痛錠；打電話給醫生。

回覆：寶寶的父母沉默地看著彼此看了六秒鐘，思考更多事實。

事實：世界上正在流行一種新疾病。

事實：疾病已經散播到人群中。

事實：昨天，寶寶的父親收到通知，他有三名同事確診了。

承認事項：時機看來很不恰當。

反駁：寶寶發燒了，寶寶經常發燒，除了發燒寶寶沒有出現其他症狀。寶寶發燒大部分都不是最近散播到人群中的病毒引起的。目前為止，寶寶的其他三名家人都沒有出現症狀。

未知：病毒的傳染性、病程、從接觸到顯現症狀的時間、疾病在成人及兒童身上的典型症狀、對兩者的短期及長期影響、疾病軌跡、致死率。

宣示：「我們不知道的事情很多。」寶寶的母親說。

考量：現在是清晨一點四十五分，寶寶的姊姊睡著了，其中一名家長必須獨自開車送寶寶到兒童醫院，另一名家長則……

干擾：寶寶嘔吐了，嘔吐是相當自然的發展也不嚴重，就是嘴巴因為沒事做而張開，寶寶胃裡的內容物就爆發出來。嘔吐之後寶寶就沒了力氣，陷入沉睡。

考量（續）：必須留下來陪寶寶的姊姊。

更多考量：把寶寶帶到醫療環境中會比在家監控他的狀況更危險嗎？如果寶寶感染的不是新興疾病……寶寶或者他的父母會不會卻從醫療環境中感染了新興疾病呢？

決定：寶寶的父母選擇B，他們使用了兒童泰諾止痛錠，清晨一點五十分打電話給醫生。

更正：不是醫生，是電話答錄機，醫生會回電。

插曲：父母清理了地板，調暗客廳的光線。父親躺在沙發上，寶寶躺在他胸前，父親注意到寶寶身上的溫度，高到不可思議，像是茶壺、引擎的高溫。這樣的溫度來自奮力、來自消耗的經歷，是這副新生的小小身軀奮力作戰的結果。父親想起了寶寶剛出生的時候，浮腫的眼皮連張開、閉上都要花費十分的努力，手指頭像在水底下划動一樣的動作，想想新生兒的身體打造得就像一副盔甲，軀體部分是倒三角形，四肢部分卻很脆弱。這樣的想法讓他安心，他們生來就是要存活下去的，父親這樣告訴自己，承諾著自己。寶寶現在十個月大了，寶寶已經長大，身上長了肉，重量壓在父親的胸膛上，感覺既令人安心也令人警覺，提醒著他自己在寶寶的身上投入了多少（從他母親身上擠出了二一六公升的母奶、七二二顆蔓越莓、十三．六公斤優格、一二〇根香蕉、八十四小塊起司、十五包看起來像空氣的小食物塊，叫做「優格球」，寶寶非常喜歡這東西，還有寶寶的姊姊偷偷塞給他的一口蛋糕），而除了實際上投入在這個寶寶身上的東西，還有他們對他的愛，為了搏他一笑、為了他永無止境的食欲、寶寶剛冒出的三顆牙、過去這個禮拜他才剛學會了如何香一個，就是要噘起嘴巴在對方臉頰上印一個吻，還有寶寶的手，父親現在摸著他的手，寶寶最近才學會了怎麼揮手。寶寶躺在父親胸膛上，現在全身都靜止著，父親全身也靜止著。母親坐在椅子上看著他們，看著她的手機，等待醫生來電。三次，她檢查了三次確定自己的手機沒有設定到靜音。

觀察：一個小時過去了，家裡很安靜。或許，寶寶的母親想，這一切都會……

干擾：寶寶嘔吐了，吐在父親胸膛上、沙發上、地毯上。寶寶抬起頭看看自己的傑作，然後直接低頭埋進那灘剛剛從自己身體裡冒出的液體，繼續睡覺。

暫停。

命令：「抱走他。」寶寶的父親輕聲說，「把他抱走。」

結果：寶寶的母親抱走寶寶，並清理他的身體。寶寶的父親清理自己的上衣、沙發和地毯，還有他的頭髮。再抱回寶寶。

問題：「幾點了？」寶寶的父親說。

回答：凌晨三點〇二分。

問題：「到底什麼時候才要打來？」寶寶的父親問。

決定：負責餵奶的母親會帶寶寶去醫院。父親抱著寶寶，寶寶已經換了乾淨的衣服，睡沉了，聞起來還有膽汁的味道。母親收拾好包包。

清單：包包裡放了六片尿布、一包溼紙巾、兩套換洗衣物、兩條拍嗝巾（「多帶幾條。」父親說，想起寶寶的嘔吐）、一副手動擠奶器、兩瓶擠好的母奶（以免兩人要分開）、一包冰袋、一個小型保冷袋、母親要喝的水、母親要吃的什錦堅果、母親手機用的充電器、母親的手機、她的錢包、鑰匙，一開始還掉到地上鏗鏘作響。

干擾：寶寶笑了。

問題：「他剛剛笑了嗎？」母親問。

回答：沒錯，寶寶抬起頭，張開手掌指向地上的鑰匙。我要拿，寶寶微笑著。

觀察：寶寶的眼睛是清醒的，氣色比較好了，寶寶看著屋內四周的狀況，嘴巴發出聲音：「喔哇、喔哇、喔哇。」寶寶就這樣唱著，表現出自己的好奇。這是他開口說的第一個字，最近才學的。

推論：「他比較好了。」母親說。「再幫他量一次體溫。」父親說。

結果：攝氏三八．四度。

建議：「或許，」父親說，「我們可以……」

干擾：電話響了，是醫生。

建議：「她說我們可以等到早上。」母親說。

觀察：寶寶在揉眼睛，看起來累了。

決定：寶寶的父母幫他包好尿布，讓他穿上防踢被，這條粉紅邊的被子是他姊姊用過的。他的睡袍呢？母親問，也想起了她祖母的睡袍，想起她總是在口袋裡放糖果，想起她祖母那雙又長又柔軟的腳，還有在她母親生病時，祖母總會將手放在母親背上，還有母親小時候染上水痘時，祖母過來陪她，跟她一起把《真善美》看了一次又一次，沒有一句抱怨或者露出無聊的樣子。這樣的回憶讓她感動，所有先人，給予了一個又一個孩子的一切溫柔，最後就是這一個，這個她抱在手上的寶寶。母親回憶的同時，她哄著寶寶睡覺，寶寶一有動靜她便緊張地停止動作，等著他再發病。

他並沒有。如今暫且，母親會把他放在他的搖籃裡，包著他的粉紅色睡袍，看著他睡覺，並且傾身將手放在他額頭上，檢查了一次又一次。溫暖但沒有發燒，她告訴自己，只是沒有體溫計她也不能確定。她躺在地板上，就在寶寶旁邊看著寶寶，寶寶在呼吸，寶寶在呼吸。昏暗的光線以及落在寶寶臉上的陰影，她伸出一根手指穿過搖籃的欄杆間碰觸寶寶的皮膚，溫暖但沒有發燒，溫暖但沒有發燒，她想著，就像一首歌謠、一段祈禱，只是她也不能確定。

團隊

湯米・歐蘭芝

你已經盯著辦公室的一面牆很長一段時間，長到你都不知道過了多久。最近時間都是這樣溜走的，就像躲在簾幕後頭，再現身時卻成了其他模樣。這裡是一個網路黑洞、那裡是一段街上散步，你跟太太和兒子堅持說這是一段健行、這裡是一本你眼睛直盯著的書，但你看不懂、那裡是嚴重的憂鬱症、這裡是觀察著紅頭美洲鷲不斷盤旋、那裡是你即將發作的焦慮症、這裡是失敗的Zoom電話會議、那裡是換你接手兒子的在家學習、這裡是四月五月已經過去、那裡是執著於清點人數，在無數的地圖動畫圖表上不斷上升的無名人數。時間不站在你這邊，也不站在誰那邊，而是夢想著如何與你拖磨，同一時間的你躲藏著、叫喊著，就像躲在雲後的太陽。

你想起自己最後一次到公共場所的時候，這不算入每個禮拜要戴上口罩、慌慌張張到雜貨店補貨，或者到郵局領貨時的一片混亂，你捧著一整疊隨時要垮下的箱子，裡頭裝滿不必要的東西，盡量跟你眼前所見到的每個人都保持距離，尤其是你在podcast節目裡聽說了口腔飛沫這種噁心的東西。你甚至都不跟別人眼神交會了，你就是這麼害怕傳染。

你上一次參與的大規模人群聚集的公共活動是你的第一次半馬，獎牌就像個鹿頭懸掛在你的辦公室裡。半馬聽起來不是很長，只有一半，不過對你來說卻很了不起，能夠這樣不斷跑了又跑，跑了二十．九公里都沒有停下來。你一開始訓練的時候，甚至還花了錢參加跑步團體，大家聚在一起互相加油打氣，告訴你這一切有多麼困難。你跟著喊口號，認真聽帶領團隊的人滔滔不絕談論自己的完賽時間，還有他們腰間綁著的防水袋裡放著哪些超級食物及能量補充劑。你討厭團體訓練於是退出了，開始以團隊的思考方式自己規劃起整個身體、健康與訓練行程，還有跑步時的音樂歌單。你早起跑步，有時候一天不只出門跑步一次。你依循著自己計畫的距離長度，遵守你下載的訓練App所指定的飲食建議，所以這個App也是團隊的一部分。這個團隊信守對自己的承諾，這個團隊就是你的心臟保持健康、你的肺臟保持乾淨，還有你的決心依然保持著讓你去做這件你認為需要做的事，只是你根本不記得是什麼原因了。

跑步當然是有腿就會跑，你也已經進行好一陣子了，大部分是為了擊退隨著年紀增長而逐漸巴上身體的那幾公斤肥肉；不過為了比賽而跑步就是新體驗了，為了拉長距離、縮短時間、跨過終點線而跑步，這是你擔下的某種奇怪的義務，穿上一件披風，目標就是終點線。進入現代以前，跑步是正經事，目的是要奔離或者奔向某件緊急事件，像是狩獵、遭到狩獵，或者要傳遞重要訊息。第一次正式的馬拉松比賽是在一八九六年奧林匹亞運動會，冠軍是一名希臘的郵差，賽道長度是致敬古希臘時傳說中的跑者，他為了傳遞戰事勝利的消息而不斷往前跑，達成任務後便當場倒下死去。關於古代人跑步的故事，應該還可以找到無數個其他例子，例如在柯提茲於一五一九年將伊比利亞馬引進佛羅里達之前，印地安人肯定是在美洲鄉間跑來跑去，但是你腦中揮之不去的是印地安人騎在馬背上的影像，而雖然這種影像應該代表了原住民絕對能夠適應變化，但其實代表的是靜止不動、死去的印地安人。你一直都知道這個影像反映了自己的某一面向，既是真實也不真實，有點像是人馬一般的真實，因為你爸爸是美洲原住民，他是夏安族印地安人，而你媽媽則是白人，他們兩人都很愛跑步，所以你一開始甚至就從沒想過要跑步，不過無論是古時候的跑步、家族傳統和一半的真實什麼的，實在也無法得知人類有了腿以來，打算要進行什麼樣的跑步活動。

馬拉松結束後你回到山上，自從五年前你再也無法負擔在奧克蘭生活的開銷之後就搬到這裡，你回到山上與世隔絕的生活，而你大致上是安全的，不像其他人還得冒著在城市裡如此密切接觸的風險。但是馬拉松之後，你就受夠跑步了。整個世界緊急煞車了，你原本覺得跑步是一件好事，值得努力投入、值得花時間練習，現在也受夠了。站在頂層的老白怪物就只撒點麵包屑下來，自己大口狂嗑那盤大到誇張的佳餚，說這叫做振興方案，你覺得噁心想吐，必須停下手邊的一切事情看著這一切熊熊燃燒，看著這一切喘不過氣來。看著那些名嘴一個個口若懸河，說了幾乎等於沒說，你能做的就只有看著，這也是你所做的，你覺得自己只能這麼做，感覺好像做了什麼，但其實什麼都沒做，只能看著、聽著、讀著新聞，彷彿除了更多死亡人數之外或許還會出現什麼新聞，即使你認為這些死亡人數代表了老白怪物將要受苦，但他們並不會，結果受苦的還是同樣那群人，只為了讓豬能夠拿到超過他們應得的收成，自己則拿到豬並不需要的餿水，這個程度的貪婪已經遠遠超過了需求，讓你甚至無法設想。都是以自由之名，你在學校裡學過，也寫在課本裡，包括一副神聖樣貌的自由市場、憲法以及獨立宣言，對印地安人來說，無論從過去到現在一直都代表著毫不留情的野蠻殺戮。

新的團隊就是你的家人，是你如今在家陪伴的家人，這是你的妻子、兒子、你的小姨子和她兩個十幾歲的女兒。是隔離這件事本身，你和新團隊一起進行，卻也無法一起隔離。新的團隊不是跑步，而是一起準備餐點，並且分享著你從海島般生活的內部讀到、聽來的外界消息，就從你的藍牙重低音耳機裡面傳來。新的團隊就是新的未來，而未來的樣貌還未定，似乎都取決於個別社群，取決於他們是否相信消逝的生命有多少而這個數字又如何與他們相關。你的新團隊是由前線勞動人員組成，他們會掃描確認你的生活用品並送來你所訂購的東西。這些人員都是由你過去的家人組成，這個家庭原本早已分崩離析，長久疏離到就連想著要重拾過往情感的念頭都顯得荒謬，更別提讓他們重新聚首。你們一起跟你父親學夏安語，那是他的母語，你的姊妹已經能夠說得很流利，學習一種新的語言感覺就像是某件大家都必須考慮的事情，畢竟你已經失去了追溯真相的那條線，就在過去某個時間點，當你以為再也不會相信任何像是希望的東西的時候。是在歐巴馬之前、歐巴馬當政時，或者歐巴馬之後呢？現在是否就是重要的時間點，要理解自己站在哪裡、你所理解的所謂國家的未來是什麼意思、你站在哪面旗幟之下、有人說白人正漸漸傾向弱勢又是什麼意思？別管什麼希望、別說什麼繁榮，你能活下來嗎？不，你再也不跑步了，結果也顯現出來，你一個禮拜大概就洗一次澡、也忘記刷牙了。你酒喝得太多、抽菸抽得比以前更凶。等到情況似乎有所改善，你就會改善，只要你從新聞上瞥到一線希望。你緊緊盯著，一定會出現什麼，例如解藥、數字下降、奇蹟之藥、抗體，什麼的，其他什麼都好。

你又回到那面牆前，盯著，除了盯著什麼事情也不能做。這是一個嶄新的世界所完成的團隊工作，也就是那些沒有直接受到影響的人，要盯著、等著、按兵不動，這就像一場馬拉松，所有這些隔離措施都是，唯有如此，團隊才能成功，是人類這個團隊，這整個該死的種族。

石頭

蕾拉・司利馬尼

（原文為法文，由山姆・泰勒〔Sam Taylor〕翻譯為英文）

九月的一天晚上，作家羅伯・布魯薩德正在演講，介紹他最新出版的小說，某人朝他臉上扔了一塊石頭。正當石頭離開凶手的手，開始在空中飛翔時，小說家正要結束一段他之前已經說過許多次的小趣事，也就是俄國文豪托爾斯泰曾被人形容成一頭「噁心的豬」，不過當晚觀眾的反應只有一陣稀稀落落的禮貌性笑聲，讓作家相當失望。然後他傾身靠近隔壁桌上那杯水，因此石頭打到的是他的左臉。正在訪問他的記者驚叫出聲，觀眾很快也叫喊起來。慌亂中，大家都跑了出去，留下布魯薩德一個人躺在舞臺上，已經失去意識，額頭不停冒出鮮血。

羅伯．布魯薩德醒來的時候已經躺在醫院病床上，半張臉都包上了繃帶。他並不感到疼痛，感覺自己像是飄浮著，他希望這樣身輕如燕的感覺能夠永遠持續下去。他做為小說家的事業十分成功，但是在文壇上的名聲卻跟銷售量成反比。媒體上沒有報導的是，文壇其他作家都對他嗤之以鼻，認為布魯薩德居然自稱為作家，實在可笑。但是，他的著作等身且本本暢銷，同時擁有許多忠實書迷，其中大部分都是女性。布魯薩德的書從來不碰觸宗教或政治議題，他對任何事都沒有立場鮮明的見解，他不會挑戰像是性別或種族等議題，總是對於當下的爭議話題保持距離，所以說居然有人會想攻擊他，實在令人意外。

一位警察來跟他問話，想要知道布魯薩德有沒有跟人結怨，他有欠誰錢嗎？他是不是跟別人的老婆上床了？他問了非常多跟女性有關的問題，布魯薩德是不是有很多女朋友？都跟哪種女人？會不會是某個心懷嫉妒或者遭到拒絕的愛人偷偷混進了觀眾群中？對於這些問題，羅伯．布魯薩德的答案全部都是搖搖頭，雖然他口乾舌燥，再加上他突然感覺眼球開始劇烈疼痛起來，但還是向警察描述了自己的個性，他的生活很低調，沒有惹過什麼麻煩或者複雜的關係。布魯薩德沒有結婚，大部分時間都在書桌前度過，有時候會跟大學時代的朋友一起吃晚餐，都是已經認識三十年的人，然後週日會去他母親家裡吃午餐。「恐怕不是非常精采的生活。」他結論道。警探闔上筆記本就走了。

新聞上到處都是布魯薩德的報導，記者爭相競奪跟他獨家專訪的機會，布魯薩德成了英雄。對某些人來說，他是極右派運動人士攻擊的受害者；也有些人認為他變成了伊斯蘭極端分子的目標。有些人相信一定是某個總是交不到女朋友而心懷憤恨的可憐蟲在那晚溜進會場，企圖懲罰這個靠著編造虛假不實的愛情神話而成功的男人。知名的文學評論家安東·拉莫維奇發表了一篇長達五頁的文章評論布魯薩德的作品，他原先相當鄙視這些作品，如今卻聲稱自己破解了這位作家在輕鬆的羅曼史小說字裡行間所埋藏的線索，辛辣地批判了消費主義社會，同時對於社會階層的分化提出中肯的分析，他稱布魯薩德是一名「祕密的顛覆分子」。

布魯薩德出院之後便受邀到愛麗舍宮，忙碌而臉頰削瘦的法國總統盛讚他是戰爭英雄，「全法國都要感謝你，」他這麼對作家說，「全法國都以你為榮。」一名保安人員奉命去保護他，於是保安人員造訪布魯薩德的公寓，決定在窗戶上貼紙遮蔽起來，並且將應門的對講機移到其他地方。保安的身材矮壯，頭頂剃光了頭髮，閃閃發光，他告訴這位小說家，自己曾經有兩個月的時間都在保護一名專門撰文批評時政的新納粹分子，對方把他當成僕人一樣，還叫他去乾洗店替他拿洗好的衣服。

接下來幾週間，布魯薩德受邀去上了十幾個電視節目，化妝師特別小心要強調出他額頭上的疤。他被問到是否認為自己受到攻擊等同於在攻擊言論自由，他回答起來坑坑巴巴的，卻被看成了他確實是個謙遜之人。羅伯．布魯薩德在人生中第一次感覺到身邊每一個人都愛他，甚至更棒的是敬重他。他一進到某間房裡，臉上帶著瘀青的眼睛讓他看起來就像一名受傷的士兵，他的到來馬上就會讓眾人陷入一股敬畏的安靜，而他的編輯會將手搭在他肩膀上，驕傲得就像個配種養馬的馬場主人，向眾人炫耀自己得了獎的純種馬。

幾個月後便結案了，警察一直沒有找到凶手：舉辦演講的書店裡沒有監視器，而目擊者的描述又互相矛盾。在社群媒體上，這位不知名的犯人引起眾人的熱烈猜測。有一名無政府主義記者過去最有名的報導便是政客性愛錄影帶外流的事件，他稱頌這名凶手，認為他就代表了一群看不見、遭人遺忘的大眾，這位無名的投石者是革命的先驅，他大膽攻擊布魯薩德便是開了第一槍，對抗輕鬆賺錢的文化、名不副實的成功故事、資本主義的媒體以及中年白人男性霸權。

小說家的星光黯淡了，不再有人邀請他去上電視節目，編輯建議他低調行事並且決定延後出版他的新小說。布魯薩德再也不敢在谷歌上搜尋自己的名字，他讀到很多關於自己的文章中都充滿了憎恨，讓他覺得喘不過氣來，感覺自己的腸胃糾結成一團，大滴大滴的汗水沿著額頭流下。他恢復了自己平靜而孤獨的生活。某個週日，他和母親吃完午餐後決定走路回家。一路上他思考著想要寫的書，這本書可以解決一切的問題，這本書可以將這場世紀大混亂付諸文字，能夠讓世界看見真正的羅伯·布魯薩德。他正思考著這一切的時候，第一顆石頭砸到了他，他沒有看到石頭從哪裡來的，也沒有看到接下來的石頭，他甚至沒有時間伸出雙手護住臉，就這樣倒在街道中央，石頭如同雨滴般砸在他的身上。

沒耐心·葛利薩達

瑪格麗特·愛特伍

大家都拿到自己的安心毯了嗎？我們努力想提供正確的尺寸，很抱歉有幾件是抹布做的，因為不夠用了。

還有你們的點心呢？很遺憾，我們沒辦法安排把點心先煮過，你們是這麼說的，但是沒有經過你們使用的烹飪，營養會更完整。如果你把點心整個放進攝取器內，就是你們所稱的嘴巴，這樣血就不會滴到地板上。我們在家鄉都是這麼做的。

很遺憾，我們沒有你們所謂素食的點心，我們無法解釋這個詞。

如果你們不想的話，可以不用吃。

後面的，請停止輕聲細語，也停止嗚咽，把拇指從嘴巴裡拿出來，先生－女士，你們必須為兒童樹立良好典範。

不，你們不是兒童，女士－先生，你們四十二歲了。在我們而言你們會是兒童，但你們不是來自我們的星球，甚至根本不是來自我們的銀河系。謝謝，先生或女士。我兩者都使用是因為，老實說我分不出有什麼差別，在我們的星球上沒有這麼限制性的稱呼。

是，我知道我看起來就像你們所說的章魚，小年輕個體，我看過這些友好生物的圖片。如果我的樣子真的讓你們感到困擾，你們可以閉上眼，反正這樣你們就能夠更專心聽故事。

不，你們不能離開隔離室，外頭有瘟疫，對你們而言太危險，不過對我則不會。我們星球上沒有那種微生物。

很抱歉，這裡沒有你們所謂的廁所，我們自己會將所有攝取的營養轉化為燃料，因此不需要這種容器，我們確實為你們訂購了一個你們所謂的廁所，但是他們說貨物短缺。你們可以試試往窗外，這裡離地面有很長一段距離，所以請不要嘗試往下跳。

這對我來說也不好玩，女士－先生。我是做為跨銀河系危機救助方案的一部分才被派來這裡，我別無選擇，因為我只是一名娛樂工作者，所以地位很低，而我分配到的這臺同步翻譯機也不是最高品質的。[3]正如我們已經共同體驗過的，你們無法理解我的笑話。不過就像你們說的，半個長方形小麥麵粉產品總比沒有好。

現在，開始說故事。

我受命要講故事給你們聽，現在我要說了。這個故事是一個古老的地球故事，或者我知道的是這樣，叫做「沒耐心．葛利薩達」。

從前有一對雙胞胎姊妹，她們的地位很低，名字叫做有耐心．葛利薩達和沒耐心．葛利薩達，兩人的外表非常賞心悅目。她們是女士，不是先生，別人稱呼她們為「阿有」和「阿沒」，葛利薩達是你們所謂的姓氏。

什麼問題，先生－女士？你說是先生嗎？什麼事？

不，不是只有一個，有兩個。是誰在講故事？是我。所以有兩個。

有一天來了一位地位高的有錢人，他是一位先生，而且是個叫做公爵的東西，他騎著……騎著……如果你多長幾條腿就不用騎著什麼東西，不過先生只有兩條腿，就跟你們所有人一樣。他看到阿有在澆水……就是在她居住的小屋外頭做事情，然後他說：「跟我走，阿有，人們告訴我我一定要結婚，這樣才能合法交配並產出一個小公爵。」畢竟，

3 考慮到外星人使用翻譯機，本篇的翻譯盡可能模擬類似翻譯器所產生的語句。

他沒辦法伸出偽足就好了，懂了嗎？

偽足，女士。或者先生。你當然知道那是什麼！你都是成人了！

我等一下會解釋。

公爵說：「我知道妳的地位很低，阿有，但這就是我為什麼想娶妳，而不是找地位高的人。地位高的女士會有想法，但妳沒有，我可以隨意指使妳，想怎麼羞辱妳都可以，而且妳的自尊心會很低，所以不會哀叫，或者哀哀叫，什麼的。而且如果妳拒絕我，我會砍了妳的頭。」

這番話非常可怕，於是有耐心．葛利薩達答應了，公爵將她拉上他的……抱歉，我們沒有詞彙能形容，所以翻譯機也沒有用，拉上他的點心。為什麼你們都笑了？你們以為點心在變成點心以前是做什麼的？

我要繼續說故事了，但我必須建議各位不要讓我太暴躁，有時候我會餓怒，意思就是肚子餓會讓我生氣，或者說我生氣了就會肚子餓，不是這樣就是那樣。我們的語言裡確實有這樣的詞彙。

就這樣，公爵緊緊摟著有耐心．葛利薩達迷人的腰腹，這樣她才不會掉下他的……這樣她才不會掉下去，然後他們一路騎回他的宮殿。

沒耐心・葛利薩達一直都躲在門後偷聽，她對自己說，那個公爵不是個好東西，而且準備對我親愛的雙胞胎姊姊有耐心做出非常糟糕的事情，我要裝扮成年輕先生的樣子，在公爵那個寬闊的食物準備室找個工作，這樣我就能注意他的一舉一動。

於是，沒耐心・葛利薩達就在公爵的食物準備室找到了一份僕役的工作，她或說他在那裡看到了各式各樣的浪費行為：毛皮和腳掌就這麼丟了，各位能想像嗎？還有骨頭，煮過之後也一樣扔掉。不過他或說她也聽到了各式各樣的八卦，大部分的八卦都是談論公爵對待他的新公爵夫人是多麼惡劣，在大庭廣眾下對她的態度無禮，叫她穿著不合身的衣服，經常對她動手動腳，還告訴她自己對她所做的一切壞事都是她的錯。不過有耐心從來沒有哀叫。

沒耐心・葛利薩達知道這個消息後既沮喪又生氣，某一天她或說他趁著有耐心・葛利薩達在花園裡鬱鬱寡歡的時候，設計了讓兩人碰面，並且顯露出自己的真實身分。兩人進行了一個親暱的身體動作，沒耐心說：「妳怎麼能讓他這樣對妳？」

「容器裡裝著半滿的可飲用液體總比半空的好，」阿有說，「我有兩個漂亮的偽足，再說，他是在測試我的耐心。」

「也就是說，他想看看自己可以做到多過分。」阿沒說。

阿有嘆了口氣：「我能怎麼辦？若是我讓他有了藉口，他會馬上眼也不眨地殺了我；若是我哀叫，他就會砍掉我的頭，他刀都握在手上了。」

「我們可以想想辦法。」阿沒說，「食物準備室裡有很多刀子，而且我現在也常常練習如何使用。去問公爵他能不能賞個面子，在這座花園裡跟妳碰面一同在夜裡散步，就在今晚。」

「我很害怕，」阿有說，「他可能會認為這個要求就等同於哀叫。」

「既然如此，我們來交換衣服吧。」阿沒說，「我自己去問。」於是，阿沒換上了公爵夫人的裙裝，阿有則穿上僕役的衣服，兩人各自去了宮殿裡的不同地方。

晚餐時，公爵向假冒的阿有宣稱他已經殺了她兩個漂亮的偽足，她對此不發一語，反正她知道他是在吹牛，她已經從另一個僕役口中得知，偽足已經偷偷被帶到了安全的地方。在食物準備室的人總是什麼都知道。

然後公爵又說，明天他就要把脫光衣服的有耐心踢出宮殿，我們星球上沒有這種裸體的概念，不過我明白在這裡，在大庭廣眾下不穿衣服是件可恥的事。等到每個人都嘲笑過有耐心，而且還浪費食物將腐爛的點心塊扔在她身上，他說他打算另娶他人，一個比阿有更年輕、更漂亮的人。

「如您所願，大人。」假冒的有耐心說，「不過在這之前，我為您準備了一個驚喜。」

公爵光是聽到她說話就已經感到很意外。

「是嗎？」他說，臉上的觸角彎曲起來。

「是的，我所敬愛、總是對的大人。」阿沒說話時的語調聽起來似乎是暗示了排出偽足的前戲。「這是為您準備的特別禮物，以回報您在我們這段，唉，真是太短的同居期間對我的如山恩惠。請您賞臉，今晚到花園來見我，讓我們再進行一次互相慰藉的性行為，然後我就會永遠失去待在閃耀光輝的您身邊的權利。」

公爵認為這項提議既大膽又刺激。

刺激，這是你們的一個詞彙，字面上來說是將尖頭的叉子刺進某個東西，很抱歉我沒辦法解釋得更清楚了，畢竟這是地球的詞彙而非來自我的語言。你們得問問別人。

「這真是大膽又刺激，」公爵說，「我一直以為妳就是條抹布、踏墊，不過現在看來，在妳那張蒼白的臉底下藏著一個娼婦、蕩婦、妓女、騷貨、婊子、賤貨、淫婦，還是個賣肉的。」

是的，女士－先生，在你們的語言中確實有許多那樣的詞彙。

「說的沒錯，大人，」阿沒說，「我永遠不會反駁您。」

「我會在日落後和妳在花園碰面。」公爵說，心想這會比平常更有趣，或許他這個所謂的妻子總算會拿出點不一樣的表現，而不只是像塊木板躺在那兒。

阿沒離開去找那個僕役，也就是阿有，她們一起選了一把又長又銳利的刀，阿沒把刀藏在自己錦緞織成的衣袖裡，阿有則藏身在灌木叢後面。

「今晚的月色真美，大人。」公爵從陰影中走出來時阿沒說道，同時已經開始解開他下半身的衣服，在那部分衣物之後通常藏著他享受歡愉的器官。我並不是很明白這部分的故事，因為在我們的星球上，享受歡愉的器官就位於耳後清楚可見的地方，這讓事情好辦多了，因為我們可以自己看見對方是否接收到我們的吸引力並有所回應。

「婊子，脫掉妳的衣服，不然我就把衣服撕了。」公爵說。

「我很樂意，大人。」阿沒說，她帶著微笑走向他，接著從自己裝飾華麗的衣袖中抽出刀子割斷他的喉嚨，就像她在做僕役的工作時也這樣割斷了許多點心的喉嚨。公爵幾乎連哼都沒哼一聲，接著兩姊妹又進行了身體親暱接觸的動作，然後兩人把公爵吃個精光，包括骨頭、錦緞衣裳等等一切。

怎麼了？什麼是「這啥湘」？抱歉，我不明白。

是的，女士－先生，我承認這是跨文化溝通的時刻，我只是說出我在她們的處境下會做的事，不過講故事確實能夠幫助我們了解彼此，跨越我們的社會、歷史及演化鴻溝，不是嗎？

在那之後，雙胞胎姊妹找到了兩個漂亮的偽足，一家人歡樂地大團圓，他們就一起在宮殿裡快樂地生活。公爵有幾個親戚起了疑心會過來打探消息，不過兩姊妹也把他們吃了。

故事說完了。

說吧，先生－女士。你不喜歡這個結局？這不是常聽到的版本？那麼你喜歡什麼樣的結局？

喔，不，我想那個結局是屬於另一個故事，不是我喜歡的那個。讓我講那個故事我會講得很糟，不過這一個我就說得很好，我相信是這樣，至少足以吸引了各位的注意力，你們一定也知道是這樣。

你們甚至都不啜泣了，這樣也很好，因為啜泣非常惱人，尤其也很誘人。在我的星球上只有點心才會啜泣，不是點心的就不會啜泣。

好了，各位請容我告退，我名單上還有好幾個其他隔離團體，我的工作就是要幫助他們打發時間，就像我幫助各位一樣。是沒錯，女士－先生，時間還是會過去，不過不會這麼快就過去。

現在我會直接從門底下擠出去，沒有骨頭真是太方便了。沒錯，先生－女士，我也希望瘟疫很快就會結束，這樣我就能恢復正常的生活。

木蘭下

李翊雲

這對夫婦安排好在戰役紀念碑附近跟克莉絲碰面。她只見過他們一次，是在五年前，他們賣掉了房子要結算過戶時，克莉絲當時是買家的律師。不久之後，那位妻子就連絡上她要談關於遺產規劃的事情。克莉絲把資料寄給他們，然後就沒再聽到回音，她原本都要忘了他們，直到那位妻子又寄了電子郵件，並對自己的消失道歉，「我們已經下定決心，這次就要把這件事搞定。」她寫道。

他們不是第一組拖拖拉拉的客戶，人們會跟克莉絲說起各種煩惱，包括為年幼孩子指定監護人、為自己的未來做決定等等。她自己並沒有準備好什麼遺囑或規劃，這並沒有什麼奇怪之處，醫生也可能會抽菸，或者就像她父親一樣喝酒喝到什麼都忘了。沒有人說你一定要過著符合自己職業標準的生活。

道路兩旁種著整排的木蘭正盛放著花朵，克莉絲拾起長椅上一片手掌大小的花瓣，木蘭真是充滿自信的花，就連落下的花瓣都是如此生機盎然。

多年前，克莉絲和兩個最好的朋友在這裡一棵木蘭樹下挖了一個洞，埋進一個信封，信封內放著她們手寫的紙條，要等她們五十歲的時候再打開來念，為了鄭重其事，她們每個人都在信封裡放了單邊耳環，克莉絲的是一只蛋白石獨角獸。

她們五十歲那年沒有人還記得這個信封，克莉絲一直到現在才想起來。

「珍妮？」幾步以外的距離有個男人試探性地問。

克莉絲說她不是珍妮，於是他道了歉。他要跟珍妮碰面是約會嗎？她想著，這樣他們就得拿下口罩才能給彼此留下好印象，但是如果他們拿下口罩，又怎麼能信任彼此呢？

那對夫妻馬上就認出了克莉絲，克莉絲也認出他們，只有他們三個人站在華盛頓將軍雕像附近，夫妻道歉說他們的兩個朋友會來當見證人，但他們遲到了。

克莉絲希望大家都準時，她不喜歡閒聊，不過她還是詢問這對夫妻在封城後的生活。丈夫禮貌性地點點頭就邁步離開，他大概也討厭閒聊。

「那孩子呢？他們念幾年級了？」克莉絲說。

妻子看了丈夫一眼，他走得更遠了，正在研究華盛頓將軍。「伊森六年級了。」她在回答之前猶豫了一下。

他們只有一個孩子嗎？克莉絲記得五年前跟他們閒聊的時候，知道他們有兩個，不過遺囑裡確實也只有伊森的名字，或許她把他們跟另一個家庭搞混了。

「妳一定是想起了……柔伊？」妻子壓低了聲音說。

「對……」克莉絲說，然後她便知道妻子要說什麼，幸好此時見證人正巧抵達。柔伊過世了。克莉絲真希望自己沒有問起孩子，這麼無心的一個問題，但是從來就沒有真正無心的問題。

還不到十分鐘就簽署完成了，這對夫妻很健康，兩人過去都沒有其他婚姻紀錄或者婚外生子。沒有意外，這就是克莉絲對這類客戶的想法，但是他們總會帶著什麼意外前來，克莉絲通常都不想跟他們糾纏太久。

正當這對夫妻和見證人漸漸走遠，克莉絲出聲喊住了妻子：「卡爾森太太。」

丈夫和兩名見證人繼續往前走，形成了一個三角形，之間保持著適當的距離。克莉絲想要針對柔伊的事情說些什麼，妻子提起這個名字是有原因的。

妻子指著克莉絲資料夾裡的文件說：「有點奇怪的興奮感，對不對？在這樣的豔陽天裡簽署我們的遺囑。」

「這麼做很好。」克莉絲沒有多想就回答了。

「沒錯。」妻子說，再次感謝克莉絲。

她們接著就要分開了，或許再也不會見到彼此的面，克莉絲會忘記這次會面，就像她也忘了青少年時期的她寫了什麼給自己，但是總有一天她會想起這一刻，她會希望自己不只是說些客套的陳腔濫調，就像她希望自己還記得寫給自己的紙條，又或者她能說些什麼讓父親注意自己的飲酒問題。

「我很遺憾，」克莉絲說，「關於柔伊的事。」這是最平凡的話，不過從來就沒有恰當的話，這只是讓人有藉口，免得什麼都沒說。

妻子點點頭，她說：「有時候我希望柔伊不是那麼果斷的人，我希望她可以更像我或是她父親，我們都很愛拖延。」

然而沒有哪位教師或家長會鼓勵孩子的拖延或者優柔寡斷，克莉絲這麼想。為什麼她和朋友會相信幾十年後她們還會記得那些紙條，然後還會覺得有趣？年輕人總是充滿自信地認為人生會一直這樣過下去，但很容易就會對生命的一成不便感到絕望。

「不過你們這次下定決心了。」克莉絲指著資料夾說。又是陳腔濫調，不過陳腔濫調就像拖延一樣，也有其意義。

外頭

艾加・凱磊

（原文為希伯來文，由潔西卡・柯恩〔Jessica Cohen〕翻譯為英文）

解除宵禁的三天後，顯然沒有人打算離開自己的家。不知道為什麼，人們比較想要留在屋裡，獨自一人或者陪伴在家人身邊，或許就只是喜歡遠離其他人。在屋裡待了這麼長的時間，如今大家都已經習慣了：不去上班、不去大賣場、不跟朋友碰面喝咖啡、不會在街上偶然遇見某個一起上瑜伽課的人就接受一個意外而並不想要的擁抱。

政府允許大家有多幾天時間調適，但情勢逐漸明朗，事情已然沒有轉圜餘地，他們也就別無選擇。警察和軍隊開始挨家挨戶敲門，命令大家出門。

經過一百二十天的隔離，不是每個人都能輕易記起自己過去究竟是做什麼維生的，也不是說你沒努力過，肯定是某件關係到許多憤怒的人對服從權威有困難的工作，或許是學校？或者監獄？你腦中閃過模糊的記憶，看見一個才剛開始長鬍子的乾瘦小孩對你丟石頭，你是團體家屋裡的社工嗎？

你站在你屋外的人行道上，帶你走出來的士兵示意你開始移動，於是你照做了。但是你並不確定自己要去哪裡，你滑著手機想搜尋什麼能夠幫助你釐清事實的線索，例如先前的約會、未接來電、備忘錄裡的地址等等。街上的人匆匆與你擦肩而過，有些人看起來是真的驚慌失措，他們也不記得自己應該去哪裡，若是還記得，他們也已經不知道該怎麼抵達目的地，或者一路上究竟該怎麼做。

你想抽菸想得快死了，可是你把菸留在家裡。士兵破門進來叫喊著要你離開時，你根本沒什麼時間整理東西，只能抓了鑰匙和皮夾，甚至還忘了太陽眼鏡。你可以試著回頭進門，不過士兵還在附近走動，不耐煩地敲著鄰居的門，於是你走進轉角的商店，結果發現皮夾裡只剩下一枚五謝克爾[4]硬幣。結帳櫃檯的年輕人長得很高，全身散發出汗臭味，一把抓回了才剛交給你的香菸說：「我先幫你保管。」你問他能不能用信用卡付帳時，他咧嘴一笑，彷彿你剛剛說了什麼笑話。他拿回香菸的時候碰到了你的手，感覺毛茸茸地像隻老鼠。距離上一次有人碰觸你已經過了一百二十天。

你的心臟怦怦直跳，空氣不停灌入雙肺，你不知道自己能不能辦到。在自動提款機旁邊坐著一個衣衫襤褸的男人，他身邊放著一個白鐵杯子。你倒是很記得在這個情況下自己應該做什麼，你很快走過他身旁，他扯開沙啞的喉嚨告訴你他已經兩天沒有吃東西了，你看著相反的方向，十分專業地避免跟他眼神交會。沒有什麼好怕的，就像騎腳踏車一樣：身體會記得一切，在你獨自一人時逐漸軟化的心腸很快又會硬起來。

4 以色列貨幣，一般稱新謝克爾，五謝克爾大約是新臺幣四十三元。

紀念品

安德魯・奧哈根

洛弗提・布羅根在索特馬奇街上當魚販，人們都說他是格拉斯哥去魚鱗最快的好手，但他沒辦法像其他人那樣跟客人說笑。這位脾氣焦躁的婦人每天早上都來攤子上，告訴他們說要買醃魚，「我是住在帕尼街上的吉莎，」這一天她特別說，「我的名字意思是『歌曲』。」

「您可來對地方了，」老闆伊蓮說，「我們這位洛弗提唱歌可好聽了，是不是啊親愛的？」他拿了防油紙把醃魚包起來。老闆的牙齒上沾了口紅，「好啦，吉莎，」她繼續說，「今天不如換個口味吧？我們這裡有做燉魚湯的一切材料。」

「義大利的卡丘科燉魚。」洛弗提說。

「紅鯔魚、一小塊鰈魚、蛤蜊。」

「我不會處理高級的魚。」吉莎說。

伊蓮說她搞錯了：「您的廚藝非常好，再說，您再繼續吃醃魚自己都要變成醃魚了。」

吉莎打開皮夾拿出和平常一樣的數目。

「她以前在亞皆爾街上開的印度餐廳是最棒的，」婦人提著袋子離開時，伊蓮說道，「她真是可憐了。」

太多過往的故事了，洛弗提想著。他對於在魚市場工作覺得還可以，但這不是他最想做的，以前他也當過一陣子木匠。他覺得伊蓮人很好，但僅此而已，而且建造房屋實在是噩夢一場。他所在乎的主要就是歐洲城市，他把自己的閒錢全都存了起來，這樣就可以飛去這些地方，愈空曠愈好。他在工作時幾乎不說話，他很了解淡菜和海螺，也知道魴魚該煮多久，而且他的保冷箱跟其他人比起來相當出色。伊蓮說他有一雙天使般的眼睛。市場裡不只賣魚也賣家禽類的肉品，他不只很懂得賣章魚，就連鴿肉也很會叫賣，所以伊蓮沒什麼好抱怨的。有時候他說的話，其他同事聽不懂。在封城前一天，他把自己的金髮往上抓了個有型的髮型，寫了一篇廣告文要徵男友，伊蓮對這篇廣告很興奮，但他跟她說這沒什麼，只是約會網站的檔案。「洛弗提，你長得很好看，」她在休息時跟他說，「又高。你以前在學校裡應該認真一點，這樣你現在就不用跟人分租房間，還要付那麼高的租金，簡直像勒索。」

「房子都被你們買走了，好事都給你們占了。」伊蓮正好站在一塊廣告牌底下，寫著：「想要更新鮮的魚嗎？買艘船吧。」

「你什麼意思？」

「你們這些老人。」洛弗提說，「現在我們都困住了。」

「我就是比你老啦。」她說，然後又說了些跟他母親有關的話，「那麼有學識的女人，怎麼養出你這麼不知感恩的孩子？」

「對啦，」他說，「超級不知感恩的，我們在十幾年內就經歷了兩次『一個世代才有一次的』危機，不知感恩到爛掉了。」

隔天早上，寵物店關門了，反正那傢伙從來也沒賣掉過什麼：那些動物只是他的同伴，但是他說他看了《新聞之夜》，大家都要隔離了，所以儘管違反規定，他還是跑到格拉斯哥綠地把金絲雀放生了。「我的天啊，」洛弗提說，「你也把金魚放到克萊德河裡了嗎？」寵物百貨隔壁就是帝國酒吧，他們一直撐到了午餐時間才關門。到了這禮拜的尾聲，街上一片空蕩蕩，Grindr這個同志交友App上也毫無動靜。從洛弗提租的公寓窗戶往下看就是格拉斯哥綠地，看到法院外頭空無一人的景象實在很奇怪。波爾馬迪工業區的鍋爐所冒出的煙也完全消失了。

他不喜歡打電話給母親，她大半時間都只會講著過去或者嘮叨著錢的問題，「你是要孤僻上了癮啦，」那天下午她這樣對他說，「一切從來都不是你的錯。」

「什麼？」

「這麼想你心裡一定輕鬆很多。」

「我的人生就是妳的決定所造成的。」

「喔，振作一點吧，你都二十七歲了。」

「我不想當木匠，我想我也不會待在市場。」

「你參加派對總是遲到，」她說，「不如你自己舉辦派對？邀請所有你關心的人，表現出一點遵守諾言的決心，不好嗎？」

「因為妳把香檳都喝光了。」他說。

十天之後他才又打電話給她，這一次是一名護理師接電話，她說他的母親沒辦法到電話旁邊來，情況相當不樂觀，那天稍晚他們便用救護車把她載到了格拉斯哥皇家醫院。在那之後，很快就結束了，他什麼也不能做，然後想做什麼也來不及了。一名醫生打電話給他在倫敦的哥哥，然後哥哥又打電話給洛弗提，但是他不肯接。丹尼爾跟他毫無瓜葛已經好多年了，丹離開了，丹已經毫無關係。

他們的父親在二〇一五年過世時，兩人大吵一架，洛弗提指控哥哥從父母的公寓裡偷走了一個公事包。「這是我聽過最瘋狂的指控。」丹當時發給他這樣的簡訊，但洛弗提只是假裝沒看見。接著丹跟他們的母親大肆發怒、抱怨了一番，然後封鎖了他，這讓洛弗提覺得自己贏了。顯然丹就是有罪而且還失控了，不僅僅是偷竊的行為，對於一切都是。丹總是一副他的家人完全降低了他的格調一樣，洛弗提只去倫敦探望過他一次，結果兩人差點在諾丁丘門中央打了起來。兩人在一家私人俱樂部喝了酒以後，丹開始在街上叫嚷起來，說洛弗提「根本有病又自以為是，老是在生氣，讓人難以接近」，之類的。洛弗提就在他身旁的地上直接啐了一口。

「你的人生就是個笑話，丹，這麼多錢算什麼，我一想到你就噁心。」後來他們的母親告訴洛弗提自己聽說了兩人的爭執，他知道她和他哥哥有共識：有問題的是洛弗提，他們「在同一頁上」，或者說看的是同樣的書，都會說一些「失能」這類的詞彙，認為人都會有「問題」。在公事包事件之後，他母親郵寄給他一本書，叫做《如何解放自己》。洛弗提想破頭了也想不明白，她到底對他所說的偷竊事件是否認真看待，因為她從來沒有提起這件事，一次也沒有。他感到一種前所未有的疏離感，離開公寓時淚水盈眶，蹦一聲甩上了門。他帶著工具箱走下樓梯，想像著是在做重量訓練。

到她家有一個小時的路程。索特馬奇街上，所有鐵捲門都拉了下來，病毒就像在大腦裡掀起革命，提出一個全新的論點。一個男人跌坐在舊輪船銀行酒吧外頭，頭埋在雙膝之間。洛弗提經過了律師的辦公室，抬頭看著一百七十五號。他父親非常執著於自家愛爾蘭祖先的故事，包括有幾位年輕的足球員是最早效力於格拉斯哥塞爾提克足球隊的球員，有一位茉莉．布羅根曾在聖以諾賣花、有職業拳擊手、有經營小酒吧的，還有第一位亞歷山大．布羅根，這位業餘化學家下毒毒死了自己的太太。布羅根家出了「五個亞歷山大」，他們都曾住在那裡，第一位在一八四八年從德里來到此處，一下船就立刻前往教區的救濟處。洛弗提往後站到了道路中央，馬頭山牆頂上寫著「一八八七年」，他才發現這種建築物一定是後來新建來取代舊的。布羅根家族：帶著他們的天主教器皿和如何生存的堅定觀點就住在上頭。

他過了河沿著維多利亞路往上走，注意到郵局還開著門。他看了自己的錶，清理的人員說他們會速戰速決、保持社交距離，而且兩點就會離開公寓。如果要搬運三件式家具，誰還能保持距離？他換了手，工具箱很重。他走到了公園，突然覺得應該在長椅上坐一下。他拿出手機後滑了一下，「不要、不要、才不要，」他說，「那張臉可不行。」他登入了Instagram貼了一張自拍照，照片裡把身後的樹木也拍進去。不到幾分鐘伊蓮就按了讚還留言：兩個大拇指加一顆愛心。

他封鎖她之後點了一根香菸，接著刪掉自己的帳號。一名警察從廂型車上出來，走向坐在草地上的一群中學少女。「妳們在做什麼？」他聽到警察說。

「只是坐一下。」一個女孩子回答。

「不好意思，妳們該離開了。」

「沒錯！草地不是妳們的！」洛弗提大叫著，他站起來，警察看著他，而少女們咯咯笑了。

「先生，你還好嗎？」警察問。

他拿著沉重的工具箱走開了。這是他父親留給他唯一的東西，就是這個工具箱和裡面的東西。

她前門的花園裡長著蕨類植物，鑰匙就放在某塊磚頭底下。他打開了上鎖的防風門，看見前廳已經差不多空了，只剩下角落還有一具已經拔掉線的電話，這裡、那裡還散落著一些私人物品，箱子裡放著裝了框的證書。這間公寓很小，空間分配得當，客廳和兩間臥室裡都有貼了磁磚的壁爐。地毯上的陰影顯示出原本床鋪的位置，沙發已經不見了，連帶著餐桌、電視、她家裡所有邊桌、地毯和檯燈都消失了。他什麼都不想要留下，已經告訴那些傢伙通通都拿走，想怎麼處理就怎麼處理。他在廚房的角落裡找到一張木凳，他記得在他小時候母親把木凳漆上了藍色亮光漆。他打開工具箱拿出一把鋼鋸，先換了刀片才又繼續動作，他鋸斷了木凳又找來一些報紙，點燃了客廳的壁爐。他一度起了三堆火，每間房裡都有。他開始清空袋子裡的東西，忙著起一堆火的時候就會任由另一堆熄滅，然後用鏟子將熱燙的灰燼鏟進他在後院找到的一個水桶。那天晚上稍晚，他在母親以前的酒類推車上找到幾瓶酒，抓著一瓶保樂利口酒就這麼直接喝了。他把其他瓶子都拿了出來。他在前廳的一個袋子裡發現一大串長長的玫瑰念珠。天曉得他提了多少桶灰燼出去，不過後院裡已經有一堆逐漸冷卻的灰燼。此時一定是午夜了，他把一綑有線電視的纜線扔進客廳的火爐裡，還有一本舊電話簿，接著打開最後一包黑色垃圾袋，他找到了：是那個公事包。

他盤腿坐在地上打開公事包，火光就在他身邊跳動著，在屋裡四周投射出躍動的陰影。「誰，我嗎？」一張傳單上這樣寫著，公事包裡還有很多這樣的匿名戒酒會傳單，他一邊把每一張都讀了一次，一邊一口口喝著保樂。他找到一整套從蘇格蘭西部的歐本寄來的明信片，他老爸休假就只會去這個地方，每一張上頭都寫著天氣如何如何，最後才簽下「愛你們」。洛弗提擔心自己可能會像他一樣，但是又很喜歡看見明信片讓火焰轉綠的樣子。公事包裡有個拉上拉鍊的隔間，他在裡面發現多年以前的信件和出生證明，還有一張學校裡的照片，背面有別人的字跡寫著：「亞歷山大和丹尼爾，聖尼尼安中學，一九八九年。」他看著他哥哥的臉，心裡非常篤定自己永遠不會再見到他了。

他拿了一把美工刀將公事包那層柔軟的皮革割成一條條，皮革燃燒的味道讓他母親的客廳染上了一股全新的氛圍。到最後已經沒剩下什麼東西了，木框也都碎裂了，然後他拿鉗子將牆上的螺絲釘都扭了下來扔進水桶裡。終於在大半夜裡，他拿起刮刀撕下牆上一層層的壁紙，貼在水泥牆上的最後一層是粉紅底色綴著小花，他將一堆堆的壁紙都丟進火裡。他決定要等到後院裡的灰燼全部都冷了，然後鏟起一大堆放進空工具箱裡，早上到郵局把箱子郵寄到丹尼爾在倫敦的住址。至少他還可以這麼做。大約清晨四點鐘，他可以聽見鳥兒在街上大聲啁啾。

他拿出父親最喜歡的鑿子，在金屬的部分有一塊已經有磨損的印記：「J．泰札克父子，薛費爾德，一八七九年。」他把鑿子扔進火裡然後走到客廳窗邊。就算會剩下金屬的部分也沒關係，他覺得自己已經盡力了。屋外傳來音樂，別人公寓裡的燈光在這個時間看來相當明亮，他想著不知道是不是大家都起床了。總在這處、那處，從某人的家裡或安養院裡會運出遺體，沒有葬禮、什麼都沒有。「不知道她知不知道。」他說，他把手貼在冰冷的玻璃上，想起了春天的瑞典馬爾摩。

帶著大紅行李箱的女孩

瑞秋・庫許納

在愛倫坡所寫的那個老故事裡，他們將平民鎖在門外，毫不自知將不請自來的賓客瘟疫鎖在了他們的化妝舞會之內。他們的錯誤對讀者來說就是學了個教訓，但故事裡的愚蠢貴族卻都死光了。我讀了故事、學了教訓，如今我卻在這裡，跟一小群人一起待在高牆聳立的城堡裡，若真要我說的話，我大概會形容這群人是荒淫無道的勢利眼。

這是一個意外，我很早以前就抵達此處，那時路上另一頭的市立殯儀館外還沒有冷凍卡車不時徘徊。我抵達這個國家的時候，生活還相當正常，病毒離我們仍相當遠，我覺得武漢的人民「很可憐」，然後繼續進行自己的計畫，就像一個作家會做的那些無聊的作家行為，例如造訪一座我受邀在此居住一週的城堡，身邊的人唯一的共同點就是假裝這類奇怪的閒職很正常。我還帶了年輕的亞歷克斯同行，引起眾多寡居的貴婦爭相邀請他共進早午餐，險些大打出手。他漂亮的外表帶著一種異議人士、孤兒的味道，或者更黑暗一點，其實他長得很像恐怖分子焦哈爾．查納耶夫，但是我保證他炸爛的只有幾次社交聚會，因為他實在來得太遲，讓人不敢恭維。

我們等著疫情過去，地球上沒有人能夠逃過這一團混亂。一開始，為了讓我們忘記自身的煩惱，我和亞歷克斯將同住在城堡裡的其他人當成了糟糕的取樂對象。我們嘲笑著為查理曼大帝寫傳記的作者，還有他總是穿著來吃晚餐的那一身像是睡衣的「一家之主」長袍，他對威靈頓公爵也很著迷，老是談論著決鬥等等，亞歷克斯簡單稱之為後拿破崙時代蟄伏著的一切規範。我們取笑著那個記者，因為他相信只要立場左傾的人都收了俄羅斯總統普丁的錢，這筆傳說中的酬勞實在太神祕了，我們幾乎都要懷疑自己是不是也收了。我們也會笑那位挪威作家，據說他是斯堪地那維亞最重要的作家，可是他卻和其他斯堪地那維亞作家不同，這位超級重要、超級有名的人一個英文字都不會說；他會跟我們其他人聚會，但是只為聚會增添一股隱隱約約的異地感，他似乎完全不在乎自己身邊來來去去、淘氣的英文訕笑。不過我們從來不笑他的太太，她會為他翻譯，有時候男人就算會說這種語言，還是有些女人會這麼做。這個漂亮的女人說話帶著難以分辨的歐洲口音，她從來不分享自己的想法，而是坐在露臺上抽著菸，靜靜看著我們其他人高談闊論，降低了四周的格調。

眼前的現實愈來愈明顯，我們是困在這裡了，這些人開始變得像親戚一樣，他們不是你所選擇的，但你必須喜歡他們。查理曼大帝的傳記作家習慣稱呼亞歷克斯為未成年人，眾人很快群起效仿。我正在寫一本關於古早時期人類的小說，於是傳記作家每天晚上都要詢問我，對於我的原始人有什麼最新的想法，好像那是我養在房間裡的某種生物一樣。我們如今讚賞起挪威作家拒絕使用英文的決定，他拒絕臣服於英語霸權，就像僧侶拒絕任何親密行為、盧德運動中的工人反抗紡織機一樣；我們接受了記者在晚餐時對於普丁慣例要祈禱一番，就像有些人會在餐桌上留一張空椅子等待先知伊利亞帶來希望；而當查理曼大帝傳記作者建議我們每人拿出一篇故事來分享，故事內容無關於這個地方所遭受的病痛、悲傷與死亡，而是快樂的故事，我們也同意了。今晚輪到挪威作家了。

「我的故事是關於一位叫做約漢（Johan）的男人。」挪威作家用自己的語言說，他的妻子再以英文複述。

此時已經是晚餐之後，眾人聚在一個小房間裡，中央是一張巨大的桌子，房間的天花板很低，因為煙囪冒煙而滿是油垢又烏黑一片。挪威作家說起故事不時停頓，讓他妻子有時間能夠翻譯，等她在向我們翻譯他的話時，他就望著遠處若有所思，一頭蓬鬆的灰髮形成了三角形，就像意見分歧的哲學思想分別指著兩個方向。

「我是透過幾個在奧斯陸的大學同學認識約漢的，他計畫要在一九九三年夏天搬到布拉格。那時候的布拉格吸引著特定某個類型的人，就像約漢這樣大學畢業了無所事事的人，他們沒有具體的抱負，總是說著什麼想要『開設文學空間』或者『辦雜誌』之類的話，但大部分只是閒坐著，覺得人生沒什麼意義。約漢所展現出來的樣子完全符合這些類型的人，他們就是一群陰晴不定、長相平凡的年輕人，而我應該非常了解他們，因為我自己也是這樣的人，這些鬱鬱寡歡的人總是漫無目的地過日子，而就在尋找目的的期間，他們很晚睡、讀了一大堆電影評論及法國的理論，垂涎著自己無法移開視線又遙不可及的女人。因為追求不得，這些時間太多的無業男子就覺得自己飽受壓迫，便將這股怨氣發洩在好像比較平庸的女性身上，這些女人也確實比較容易得手。」

翻譯完這部分後，妻子和丈夫用挪威語對話了一番，似乎是要釐清某個問題，大概是關於這個故事還有他要講什麼。從這兩人身上我們看得出來，他就是自己所描述的那個類型，心懷不滿卻又笨手笨腳，妻子倒是自有一種美麗，似乎是某種聰明，彷彿她理解了某件我們其他人還不理解的事情。

「這些男人不知道自己的人生該做什麼才好，只是一心愛著那些狠狠忽視他們的女人，總是一派懶散的個性讓他們受苦，但他們認為這是奧斯陸的錯而非自己造成的。布拉格這個異國之都對西方張開懷抱，天鵝絨革命帶來的刺激、便宜的房租、波希米亞的氛圍中常聚集著更優秀、更願意順從的女人，在在都保證了可以解決他們性格不佳的問題，可以拯救他們失敗的人生。約漢有個朋友在那裡的電影學院教書，邀請他去住一段時間。朋友們為他辦了一場送別派對，我自己也參加了，然後約漢便出發前往他的新人生。我們都有點羨慕又嫉妒，如果他失敗了，我們便幸災樂禍，而若是他成功了，或許我們也會搬到布拉格。」

「約漢抵達那個城市機場的週日上午既寒冷又下著雨，非本國居民排著隊，沒什麼不尋常的地方，約漢也在隊伍當中，對於即將展開的人生新一章相當興奮，站在隊伍中隨著印章在文件上落下的節奏，寸寸前進。終於輪到他拿出護照時，麻煩開始了。」

「移民署的官員要求約漢說明為什麼他的護照皺皺的，照片還因潑了水有損害。」

「『這還是有效的官方文件，』約漢對官員解釋道，但對方仍然像一輛軍事坦克一樣面無表情而剛硬，『只是有點皺了，因為我前陣子不小心潑了點東西在上面。』」

「在其他查驗護照的通道，蓋下印章喀噹的聲音此起彼落，民眾一個個不停往前流動，沒有遭遇到質詢或爭論，但約漢跟這位邊境管制的官員卻不斷繞圈子。」

「最後他被帶到一個小房間，經過保護強化的門上了鎖（他試著打開過了），就這樣被留在那裡好幾個小時。他盯著那一面素淨的強化門，慢慢理解了些什麼，在天鵝絨簾幕的背後掩藏著鋼鐵般的拳頭，是這樣說的嗎？反正就這個意思。」

「下午稍晚的時候又來了一個男人，就跟之前那個一樣無禮而不帶感情，他走進來問了約漢一連串問題，約漢一一回答，並且就像他後來說的，『努力不要表現得很混蛋』。接著房間裡又只剩下他一個人。一直到了晚上，那個人才回來告訴約漢，除非挪威領事館有人願意介入協助並發給他新的護照，否則約漢就不得入境。約漢獲准打電話給領事館，就一通電話，他們說，一副他犯了什麼法的樣子。因為那天是週日，領事館休館。」

「約漢被帶回到那一長排邊境管制關口的走廊上，官員代表告訴他，他要在這裡等到明天，如果領事館同意幫助他，他就可以入境；若不同意，他們會逼他坐上返家的班機。」

「時間已經很晚了，大廳空蕩蕩的，查驗口都已經上了鎖又一片黑暗。其他旅客都已經迎向看不見的現實，而約漢卻一個人困在這個慘淡的夾縫中眼紅著。他坐在椅子上，口渴了卻沒有水，沒有香菸，覺得冷也沒有外套。他想要『平躺』在椅子上，脖子枕在椅背堅硬的邊緣，不知道自己這樣能不能睡著，這時他聽見一聲巨大的乒乓聲響。」

「大廳另一頭有個年輕女人，把一只大大的紅色行李箱扔到地板上。約漢看著她打開行李箱翻來翻去，找到了香菸並點燃一根。她跪在地板上，嘴裡叼著點燃的香菸，繼續重新整理她的行李箱，忙碌的動作就像那些無憂無慮的人，只是在打發時間。她不時會站起身來走來走去。」

「她怎麼還這麼活蹦亂跳的？約漢得將精力專注在自己遭到拘留的憤怒上。」

「她朝他揮揮手，他也朝她揮揮手。她走到他所在的大廳這一頭，遞給他一根香菸。」

「這樣近看他才發現，她完全就是他這隻癩蛤蟆眼中的天鵝：也就是說，這位散發自信、穿著緊身牛仔褲和白色厚底帆布鞋的女孩完全是他喜歡的類型。後來他一直記著這些細節，牛仔褲、厚底帆布鞋。

「『他們為什麼留住你？』她的英文聽來很生硬。」

「『他們不喜歡我的護照。』他說，『妳呢？』」

「她揚起微笑，說：『我想你也可以說他們不喜歡我的護照。』」

「他問她是從哪裡來的，而她的答案、她說出那串字的樣子，又是另一個他牢牢記住的細節，『南斯拉夫。』」

「約漢明白了，可能她根本沒有什麼護照能讓他們喜歡或不喜歡，因為世界上沒有南斯拉夫這個國家，已經不存在了。」

「她說她想要去阿布達比，約漢點點頭，想不起來那是在阿拉伯聯合大公國、卡達還是哪裡，他看見坐擁石油的酋長還有像眼前這樣的女孩。他想要問她什麼，但是只能想到一個問題：妳是誰？但是從來沒有人問這樣的問題，也沒有人能夠回答。」

「她回到自己那一邊，他抽著菸，就像吸入這位大膽而性感的女孩身上所有謎團。他正盤算著要不要走過去跟她搭話，這時邊境管制的官員走進大廳走向她，約漢聽不見他們在討論什麼，那女孩只是點著頭沒多說什麼。官員帶著女孩出去，她拖著她的大紅行李箱。」

「約漢怎麼也睡不好，整個人直挺著坐在不舒服的椅子上。等他醒來的時候天已經亮了，雨水無情地打在窗外的停機坪上。」

•

「約漢跟領事館的交涉還有他在布拉格四處晃蕩的這段期間，跟我們的故事沒什麼關係，他在那裡待了一陣子就回家了。他仍然不斷想起那天晚上在查驗護照的關卡、想起那個女孩還有她的勇敢以及不經意流露出的厭世感。他為自己體驗這一段壓迫性的蘇維埃式權威打的分數是F，而為了他在自己有機會時卻沒有多了解那個女孩也打了F。」

「回到奧斯陸，約漢找到了工作，參與第一波網際網路產業的發展，賣掉了他在一家『新創公司』或什麼之類的公司股票，賺到不少錢。他有好一陣子可以不必工作四處旅行了，他決定要去阿布達比，想要找到那個女孩。」

「他讀過有些文章寫到，一些來自貧窮、戰亂國家的女人會透過壞人的安排移民到那裡，這些壞人則逼她們賣淫。約漢相當肯定他遇見的那個女孩是刻意前去的，明知道會發生什麼仍然要到石油大國去撈一票。她在他心裡占據的分量愈來愈大。」

「他花了兩個禮拜四處尋找，夜復一夜在阿布達比的大小娼妓寮中探問，包括建築風格帶著新粗獷主義的旅館中吵雜而煙霧繚繞的夾層裡，他掃視過一個個女人的臉，那些女人也把他當目標似地打量著。他看著女人走出電梯，高跟鞋喀喀地走過旅館大廳，或者站在大廳休憩處附近梳妝打扮，同時保持警覺。他的對話通常會因誤會而結束，那些女人都以為他是在找某個類型的女人，而不是某個特定、真實的人；又或者她們會耍著他玩，丟出錯誤的線索。當然，我認識她，金髮對嗎？她等一下就會來了。或者，我來安排一場派對，這樣你就能見到她。或者，相信我，你會把她的一切全都忘了。」

「只有一次，對方提出了某條似乎值得追查的線索。一個深色頭髮的女人，大眼睛、鼻梁歪斜，她跟約漢說話的樣子看來十分坦白，讓他感覺應該可信。我知道你說的這個女孩，她是克羅埃西亞人，我也是克羅埃西亞人，對，她大概是那個時候來的，我想她跟我提過這件事，說她來的時候遇到些麻煩，對，她還在這裡。」

「那天晚上，他去了那個歪鼻女孩約他碰面的破爛小酒吧，她就在那裡，身邊還有一個高個子的金髮女孩，她的頭髮不像他記憶中那樣長，而是漂到幾乎變白的短髮。他跟她說了自己的故事，說他三年前想要入境布拉格時在機場遇到了一個女孩，或許是她。」

「『我不記得你了，』她說，『但我想那是我沒錯。』」

「『妳有一只紅色的大行李箱嗎？』他問。」

「『我有啊。』」

「是她，而她當然不記得他，她才不會在心裡想著某個像約漢這樣的怪人，讓感傷的記憶拖累自己。他記得她，這樣就足夠了。」

「接下來那個禮拜，約漢每天晚上都和她碰面，每天晚上都付錢換來她的陪伴。他已經計畫好要讓她了解自己的興趣、知道自己的真心，於是儘管他花了大把鈔票，他還是堅持他們只要聊天就好，慢慢認識彼此。不過事情沒這麼順利，她似乎比較想要用她習慣的方式來服務，約漢也配合她，或許態度有些太容易鬆動了，這讓他感到有罪惡感、心情混亂。可是兩人透過這樣不自然的安排一起度過了幾天時間，似乎有了變化，你可以說她同意了他的想法。我還是不明白，這一切令人難以理解，不過她愛上了約漢。」

故事到此暫停了一會兒，挪威作家和他的妻子用他們的語言對話，妻子的語調像是在糾正什麼。

「她希望我在此聲明，」她為他翻譯，以第三人稱來稱呼自己，「沒有人理解某人是如何陷入愛河的，而我之所以對她確實愛上他、而非利用他感到驚訝，或許是因為我懷著不入流的刻板印象，認為後集團時代的斯拉夫女人都是市儈而工於心計的。我妻子說的對，我不應該覺得意外這女孩居然也有真心，她居然在約漢身上找到了值得愛上的特質，即使我不這麼覺得也不應該訝異。就像我說過的，我和他有很多相似之處，事實上我們在某個程度上算是競爭對手。不過我們繼續說故事吧。」

「女孩跟著約漢搬到了奧斯陸，頭幾個月的日子真是快活極了，至少對他是如此，我們也不能代表她說什麼。這漫長的三年來他所魂牽夢縈的人其實很風趣迷人，他的朋友都喜歡她，她也很容易就適應了這裡的生活，甚至自動自發學起挪威語。」

「不過隨著他們相伴的生活安定下來，約漢心裡逐漸生出了懷疑。如果他獨自出門，她就會問他去哪裡。偶爾他們在街上經過其他女人身邊，他一部分的心思就會抽離身體，幻想著與陌生人一起。某天早上，她在床上翻了身面向他，呼出一股早晨難聞的口氣，就像一個有違道德的錯誤燒灼著他的鼻腔，而他所能做的就只有屏住自己的呼吸。」

「他開始會為了她不知道某個特別的樂團或電影而感到惱怒，因為他在二十出頭的年紀總是無所事事、浸淫在當代文化中，而這時的她正要逃離即將崩毀的國家。對於她對自己所重視的一切如此無知，他漸漸失去耐心。」

「她開始比約漢更想要做愛，而如此唾手可得的性愛將之貶低到他從來沒有想像過可能如此低廉的程度，就像走過一間總是堆滿了熱騰騰食物的房間，讓你真的只想要暫時遠離食物。他想要暫時離開她。」

「他建議她去拜訪住在克羅埃西亞首都札格雷布的母親。她已經離開好一陣子了，他開始疑心她可能、或許從來就不是在機場那個穿著白色厚底帆布鞋的英雄人物。他們也不喜歡我的護照。他想念那個女孩想念得快發狂了，因為這一個女孩，她不是她，即使是她也不是她。他曾經見到的、想要的、稱頌的都不是他找到的這個女孩。她不是英雄，她很平凡、黏人、不完美。在他眼中，這段關係已經結束了。」

「約漢實在太懦弱了，不敢當面告訴他，於是等她探望完母親回來，發現他留了一張字條給她，說自己會離開幾天，這段時間讓她想清楚該怎麼做、該去哪裡。約漢搭火車去了瑞典，和粗魯無禮的瑞典人坐在醜不拉機的旅館酒吧裡，喝著淡而無味的啤酒，感覺一股憂鬱蔓延了自己全身。時值冬天，四周一片蒼涼，他夢想中的女孩不知該去哪裡找，這點讓他陷入了存在危機。他盯著窗外那片沉重的天空和光禿的樹木，殘破的塑膠袋卡在了枝幹上。」

挪威作家發出明顯的嘆息聲，環顧桌前眾人，似乎等著眾人的反應。他的妻子也保持沉默。

我們都很困惑，就這樣？

「可是，可是、可是，」查理曼大帝傳記作者說，「說好的快樂結局呢？規則不是這樣嗎？」

「這是快樂的結局。」挪威作家用自己的語言說，他的妻子用我們的語言又說了一次。

「悲傷的約漢在破爛酒吧裡喝難喝的啤酒，沒人愛又孤獨一人？」

「這個故事對我來說是快樂的，」挪威作家說，「對約漢來說不是。」

「喔？為什麼呢？」

「因為我娶了他尋尋覓覓的女人，而她正在跟你們說這個故事。」

我們都看著他的妻子。

「我丈夫已經玩夠了。」她說，伸手撥亂他的頭髮，但動作充滿愛意。「明天我會說我的故事，因為輪到我了。」

就這樣，我們互道晚安。

晨耀大廈

蒂亞·歐布萊特

很久以前，在人們都已經離去的那個時候，我們住在一座叫做晨耀大廈的高樓裡，同一時間的住戶還有這個叫做貝琪．杜拉斯的女人，那時候的她在我眼裡似乎年紀很大了，不過如今我可能也快接近她當時的年紀，又開始覺得她的年紀並不大。

興建這座高樓時所預設的住戶群已經全部離開這座城市，這座新穎的公寓大廈就這樣空蕩蕩矗立著，一直到高層某人認為讓一些人搬進大廈內幾間公寓中或許能讓宵小不再光顧。我的亡父生前為這座城市服務，態度誠懇且懂得變通，於是我和我母親能夠以非常優惠的價格入住。我們晚上從麵包店走路回家時，晨耀大廈在我們眼前投下龐大的陰影，漆黑的大廈只有零星幾扇狹長的窗戶透出光線，就像一首祕密之歌的音符。

我和母親住在十樓，貝琪　杜拉斯住在十四樓。我們會知道是因為有時候搭電梯，她若剛好也按了電梯鈕，我們就只能困在電梯裡升上去再和她一起度過漫長的時間向下，同行的還有她身上濃烈的菸草味道，以及那三頭身形魁梧、胸口肌肉發達的黑狗，在黃昏之際拖著她在附近團團轉。

貝琪的身材嬌小、五官鮮明，所有人都對她感到好奇不已。她在某個遙遠的地方發生戰亂後才來到這座城市，而似乎沒有人能完整解釋這場戰爭的細節，甚至連我母親也不清楚。沒有人知道她是從哪裡得到這麼高級的衣服，又或者是透過什麼樣的關係施壓才能夠入住晨耀大廈。她跟狗兒說話的時候用的是沒人聽得懂的語言，警察不時就會過來查看，看看那些狗是不是終於獸性大發把她吃掉了，根據他們所說，某個可憐的混蛋曾想趁著她某天散步時搶劫，結果就被那些狗吃掉了。這件事當然只是謠言，不過也足以讓大廈裡的住戶開始聯手起來，要求她把狗處理掉。

「唉，不可能的啦。」我朋友亞羅跟他的金剛鸚鵡一起住在公園裡，他這樣說道。

「為什麼？」

「因為呢，親愛的，那些狗就是她的兄弟。」

我完全不會誤會亞羅這麼說是一種比喻，說實話，是他的金剛鸚鵡告訴他的，而鸚鵡又是親耳聽那些狗說的。他們曾經是面貌清秀的男孩，風采迷人又成就非凡，不過在貝琪從家鄉來到我們城市的旅途中，艱困的生活讓他們不可能繼續以天生的樣貌陪伴著她，於是根據亞羅所說，貝琪跟某個東西達成協議將他們變成了狗。

「就是那些狗？」我問，想起牠們總是沾滿唾沫的面頰以及皺巴巴的臉。

「牠們看起來確實很嚇人，不過我想那就是重點。」

「為什麼？」

「因為，牠們在這裡比多數人還更受歡迎啊，親愛的。」

我常常跟亞羅打破砂鍋問到底，搞得他很煩，不過這些狗的事情我相信他說的，主要是因為我當時才八歲，覺得他的鸚鵡不可能說謊。而且也有很多證據支持他的理論。這些狗吃得比我還好，每隔一天的下午，貝琪就會從肉品店帶著裝得滿滿的紙袋回來，之後整棟大廈都能聞到烤肉骨頭的香味。她和狗兒說話的聲音總是輕聲細語，而她們每天晚上離開公寓時，狗兒就圍著她身邊以緊密的V字隊形行走，一直到隔天早上才會有人再看到他們，看著她沿著因破曉而染紅的街道在狗兒身後急急忙忙趕回家，彷彿再過幾秒鐘她的真實人生就會完全曝光。她住的公寓就在四層樓之上，樓層格局跟我們的一樣，很容易就能想像那三隻狗在她寬敞的屋子裡繞來繞去，張著黃色眼睛跟在她身後，我總想像她屋裡地板都鋪著防止顏料滴濺的白色油布，狗兒就趴在上頭呼呼大睡。

貝琪身上其實有很多細節能夠輕易推敲出她的身分，只是大家常常都忽略了，例如最明顯的就是她肯定是畫家，她身上華麗的外套以及高級皮靴總是噴濺上了顏色，顏料讓她的指甲甲床顏色變深，睫毛上也灑著點點色彩，我有時會爬上街區盡頭的一棵樹上看著她，那顏色明亮到我在樹上也能輕鬆看見，而狗兒偶爾會靠嗅覺發現我，便繞著樹幹發出困惑的低吼聲，直到貝琪的頭終於出現在樹下，然後她便會開口對我說些什麼，她從家鄉帶來的那語言聽起來感覺七零八落的。

「妳聽得懂她說什麼吧？」有一次我問我的朋友伊娜，我猜想她應該也是從跟貝琪差不多的地方搬來紐約的。

「聽不懂，」伊娜輕蔑地說，「那是完全不一樣的語言。」

「聽起來很像。」

「好喔，才不像。」

伊娜在前一年才剛和她阿姨搬進四樓，先前她和家人一起在隔離營區待了七個月，伊娜在那裡生了場病（先告訴你，她不是要檢疫的那一種），瘦到幾乎只有原本體重的一半，所以我們一起走在街上的時候，我總覺得自己應該伸手拉著她靠在我身上，免得一陣風就把她吹上山丘又吹進河裡了。她似乎沒有察覺到自己有多嬌小，她的外表冷漠，有著一雙碧綠的眼睛，在營區裡學會了怎麼撬鎖（我一直以為她說的營區是夏令營，不過她總是只稱營區，我後來才了解那是不一樣的東西）。總之，她撬鎖的能力讓我們能夠進入我先前無法進入的晨耀大廈區域：例如地下室鋪著美人魚馬賽克、已經乾涸的泳池，又或者直通屋頂，讓我們雙眼一望過去就能將中城地區的深色矮牆盡收眼底。

伊娜的好奇心讓她天生就疑神疑鬼的，對於貝琪．杜拉斯的狗兄弟會在清晨到黃昏之間從狗變成人的說法，她並不完全相信，就算我把所有證據攤在她眼前，還讓她看了

《天鵝湖》也一樣。

「是誰對他們施法？」她想知道。

「什麼？」

「是誰幫她把他們變成狗的？」

「我不知道……在妳來的地方不是有人會做那種事嗎？」

伊娜氣到臉都脹紅了：「我跟你說過了，貝琪．杜拉斯跟我不是從同一個地方來的。」

整個夏天，這次意見不合確實是我們兩人之間不能碰觸的禁忌，而且完全無法和解，因為每一次貝琪出門上街到肉品店去，就要再翻一次這筆舊帳。

「不如我們進去她家自己看看？」一天下午伊娜說道，「又不會很難。」

「妳是瘋了才會這樣想吧，」我說，「我們都知道那個地方有一群狗在看守。」

伊娜賊賊笑著：「不過如果你說的是真的，那他們不就應該是人嗎？」

「這樣不是更糟嗎？」我總感覺在那種狀態下的人大概肯定是赤裸著身體。

闖進貝琪家的計畫原本可能只會是伊娜不斷拿來說嘴的事情，但是某個晴朗的下午，貝琪經過坐在公園裡的我們時停下了腳步，她認真盯著伊娜盯了好久，「妳是奈文的女兒，對吧？」貝琪終於開口了。

「沒錯。」

「妳知道從我來的地方大家是怎麼稱呼妳父親的嗎?」

伊娜熟練地聳聳肩,什麼事情都驚動不了她:無論是說出她亡父的名字,或者是接下來貝琪用那個我聽不懂的語言所說的一切。伊娜只是坐在原地,纖弱的小腳貼在牆上。「抱歉,」等貝琪終於說完她才說,「我聽不懂妳說什麼。」

我想我應該知道這件事會讓伊娜下定決定闖進貝琪家,但是我太傻了,而且又有點喜歡伊娜,我在腦海裡也經常想像著在那裡四處漫遊,因此一週後伊娜走進電梯裡按了往上而非往下的時候,好像也不是那麼了不得的事情。我記得自己在伊娜已經動手在撬門鎖時確實有說:「不要吧!」就只說了一次,而這也只是因為這是我第一次發現自己猛然驚覺,我們其實還只是小孩子。

公寓裡面就跟我家的完全相同:仍然保持著白色的走廊、過大的廚房裡放著一張厚得像蛋糕的大理石料理臺。我們跟著顏料的味道走進原本應該放鋼琴的客廳,那裡的牆上倚靠著一幅我所見過最大的畫作,圍繞四周還擺放著比較小的帆布畫,帆布上一片色彩繽紛。巨大畫作上的筆觸斷斷續續而粗糙,不過很容易就能辨識畫上畫了什麼:一名年輕女子正走在某個河邊小鎮的橋上,身邊站著三塊空白,原本的顏料似乎是被擦洗掉了；我發現到，那三隻狗要變回人形的時候大概就是從這裡爬出來吧。

不過他們現在並沒有顯出人形，原本趴伏在當然四處噴濺了顏料的油布上熟睡著，如今正漸漸醒來，一隻隻坐起身來，我想他們看到我們大概也跟我們看到他們一樣驚訝。

若不是貝琪剛好在這個時候回來，究竟會發生什麼事，我實在也不知道，我們的下場或許就會像是在報紙上讀到的那些悲劇數據一樣，這些數字會教你什麼樣的行為安全、什麼樣的行為不安全。

「唉呀，」貝琪說，「奈文的女兒，滿腦歪心思——還真是意外。」

「下地獄去吧。」伊娜眼裡滿是眼淚地說。

我媽媽一直都不知道這件事，我猜伊娜的媽媽也不知道。那一刻就只有我們三人知道，有好幾年，我醒來第一件事想到的都是那一刻，每天晚上躺在黑暗裡最後想到的也是那一刻。而且有好長一段時間，即使在我們離開晨耀大廈之後，我仍是如此。然後隨著時間過去，最後我終於不再想起，我會有好幾天完全不會想到這件事，接著腦海中突然又浮現，這當然就打斷了我的連續紀錄，我也會很慶幸自己突然又落入了那個房間，想起那幅巨大畫作、圍繞在旁的狗兒，彷彿正等待著被召喚回到自己原本的世界裡。但是後來那也變得模糊了，這成為在我認定戀情會繼續發展下去才告訴戀人的那種事，成為我希望在我們分手後他們會忘記的那種事。

當我在報紙上不經意讀到這篇報導的時候，我已經有好幾年沒想到這件事了。去年夏天有一位小有名氣的外國畫家在城內過世，問題是人們無法搬運出她的遺體，因為旁邊有一群餓壞的羅威納犬看守著，要是有人接近，哪怕只是碰了碰門把，狗兒都會發狂。他們找來了國內各地的專家，但是沒有人能找到可以制服這些狗兒的指令，最後決定只能對狗兒開槍。因此，一名勇敢的狙擊手搭著大樓洗窗的吊掛機升到高樓層，但是當他往室內窺探時卻看到那位失去生命的老女士，雙手交疊在胸前躺在一幅巨大畫作腳邊的油布上，畫作畫著一位公主和三位年輕男人。他的槍口到底是要對著什麼東西？「真奇怪，」他對記者說，「可是那裡實在沒有我使得上力的地方。」他收拾好東西之後，警方再度試圖開門，當然裡面的狗又吠了回來。

最後，這件事鬧了大約一週後，一名在城鎮另一頭工作的女性出現在警局，「我以前住在那裡，」她說，「我可以幫忙。」記者並未寫出她的名字，不過形容她的身材纖瘦，還有一雙碧綠色的大眼睛，於是我知道那就是伊娜，她在某個令人意想不到的夜晚，帶著在地面庭院裡所留下的城市殘餘上了樓，輕聲細語吐露出思慕之語，想念著某個已經逝去的年代、思念著某個已經不復存在的地方，用那個她一直都知道狗兒能夠聽懂的語言，接著她聽到他們從門口處挪開，她轉動門把，一邊說著，別擔心，孩子們，沒關係，沒關係，沒關係了。

電視時間

亞歷杭卓・贊巴拉

（原文為西班牙文，由梅根・齊可道威〔Megan McDowell〕翻譯為英文）

在這男孩兩年的人生中，有好多次聽見他父母臥房裡傳出笑聲或叫喊聲，很難想像如果他終於發現父母趁他睡覺時到底都在做什麼事，會有什麼反應：看電視。

他從來沒看過電視，也沒見過誰看電視，因此他父母的電視對他而言帶著一點神祕色彩：螢幕就像是某種鏡子，但映照出的影像晦暗不清，而且房間裡蒸汽騰騰時也不能在上面畫畫，不過有時上頭積了層灰的時候倒可以玩類似的遊戲。

但是，男孩對於這個螢幕能夠產生會動的影像並不驚訝，有時候他能夠看到其他人出現在螢幕上，大部分都是在他第二個國家的人，因為這個男孩有兩個國籍：他母親的國家是主要的國家，父親的國家則是次要的。他的父親並不住在那裡，不過他父親的父母住在那裡，而他們是男孩最常在螢幕上見到的人。

他也曾親自見過他的祖父母兩次，因為男孩曾經兩度前往他的次要國家。他不記得第一次旅行了，不過到了第二次時他已經可以自己走路，也可以自顧自講個沒完沒了，那幾個禮拜令他難以忘懷，不過最值得記住的事發生在飛往那裡的飛機上，有一面看起來完全就和他父母電視一樣沒用的螢幕亮了起來，突然螢幕上出現了一隻友善的紅色怪獸，總是以第三人稱呼自己。怪獸和男孩馬上就成為老朋友，或許是因為在那個時候，男孩也總是以第三人稱稱呼自己。

男孩與怪獸的碰面純屬偶然，因為他父母完全不打算在旅途中看電視。飛行開始時，男孩先是打了好幾次盹，接著他父母打開小行李箱，裡面裝著七本書還有五隻動物造型手偶，他們便有好長一段時間都在閱讀這些書，讀完了馬上從頭再讀一次，中間穿插著手偶相當直接的評論，他們也會評論書中雲朵的形狀以及點心餅乾的品質。一切都進行得非常順利，直到男孩問起了某個玩具，但那個玩具必須被放在飛機貨艙裡運送（他父母這樣解釋），然後他又想起了其他好幾個玩具，而這些玩具都被留在他的主要國家裡（誰知道為什麼）。這六個小時以來，男孩第一次崩潰大哭，哭了整整一分鐘，這並不算久，可是對坐在他們後座的男人來說大概已經夠久了。

「叫那孩子閉嘴！」男人咆哮道。

男孩的母親轉過身去看著他，平靜的眼神中帶著鄙視，然後在經過了一段相當審慎的沉默後，她垂下眼直接盯著男人雙腿之間，語氣絲毫不帶挑釁地說：「一定超小。」

男人顯然無法出言反駁這樣的指控，於是沒有回話。男孩這時候已經停止哭泣，讓他母親抱進懷裡，現在輪到他父親了，他也跪在自己座位上盯著那個男人，沒有羞辱他，只是問了他的名字。

「安立奎・埃利薩德。」男人帶著自己僅存的一點點尊嚴說。

「謝謝。」

「你問這個想做什麼？」

「我自有理由。」

「你是誰？」

「我不想告訴你，但是你以後就會知道，很快你就會非常清楚我是誰。」

父親對著如今深感懊悔或者心生絕望的安立奎・埃利薩德又瞪了幾秒鐘，要不是出現了亂流讓他不得不坐回去把安全帶繫好，他還會繼續瞪下去。

「這個混蛋以為我真的很有權力。」這時他用英語低聲說，現在這對父母只要想罵其他人就會自動換成這種語言。

「我們應該至少用他的名字幫某個角色命名。」母親說。

「好主意！我要把我書裡所有的壞人都取名叫安立奎・埃利薩德。」

「我也是！我想我們得開始寫有壞人的書了。」

就是在這個時候，他們打開了前方的螢幕，將頻道轉到那隻開開心心又毛茸茸的紅色怪獸節目。節目長度有二十分鐘，螢幕變黑時，男孩出聲抗議，但他父母解釋說怪獸沒辦法一直出現，他跟書不一樣，書本才能一讀再讀。

他們在次要國家待了三個禮拜，男孩每天都在問怪獸的事，他父母則解釋說怪獸只住在飛機上。終於在他們飛回家的旅途中，男孩和怪獸又見面了，這次也只維持了短短二十分鐘。他們返家後過了兩個月，因為男孩仍然不時帶著某種憂傷的感情提起怪獸，於是他父母買了一隻同樣造型的填充玩偶給他，男孩認為這就是怪獸本尊。自那時起，男孩和怪獸形影不離：事實上，現在男孩正抱著紅色玩偶進入夢鄉，而他的父母則回到自己臥房，顯然很快就會打開電視。如果事情一如往常進行，那麼這個故事可能就以這兩人看電視結束了。

男孩的父親在成長過程中，家裡的電視從來沒關過，他在他兒子這個年紀時可能根本不知道電視還可以關掉。不過男孩的母親就不同了，她小時候居然有整整十年都沒有看過電視，她自己母親給的官方藉口是電視訊號沒有傳這麼遠，他們家的房子位於城市外圍，收不到訊號，所以電視機在這小女孩眼中完全就是沒用的物品。有一天她邀請一位同學來家裡玩，同學沒有問過任何人就直接插上電視插頭，把電視打開。這件事並未讓小女孩感到幻滅或者引發家庭危機，女孩以為電視訊號終於抵達城市周邊了，於是她跑去將這好消息告訴她母親，雖然母親是無神論者，但她聽完之後雙膝跪地、雙手伸向天空，以純熟的演技戲劇化地大喊著：「這是神蹟啊！」

雖然這對父母的成長背景如此不同，兩人卻完全同意最好能夠盡量拖延兒子開始看電視的時間，愈晚愈好。認真說起來，他們並非什麼盲從的狂熱分子，也絕對不是反對電視。他們剛認識時還總是用那套老招數，約好碰面看電影當成做愛的藉口。後來，在那段可以視為男孩史前時代的期間，他們也臣服於許多精采影集的魔力，他們從來沒有像兒子出生那幾個月內看過那麼多電視，男孩在子宮裡的日子聽的不是莫札特交響樂也不是搖籃曲，而是各影集的主題曲，例如有某個充滿異鬼和巨龍的未知古代發生了血腥的權力鬥爭，也有在寬敞的政府建築裡出現某個自稱「自由世界領袖」的人。

男孩出生後，這對父母對電視的體驗完全改變了。經過了一整天讓身心都疲累不堪的勞動，注意力只能再撐三、四十分鐘就要完全耗盡，因此在兩人幾乎沒有察覺的情況下，他們降低了選擇節目的標準，開始習慣收看品質普通的影集。他們仍然想讓自己沉浸在某個神祕難解的國度中，將自己代入角色，遭遇著各種挑戰與複雜的情境，逼得他們必須認真重新思考自己在世界上的定位，不過他們在白天所閱讀的書就已經足夠了，到了晚上他們想要的是輕鬆的笑聲、有趣的對話和不費吹灰之力就能理解劇本這般可悲的滿足感。

有一天，或許就在一、兩年之後，他們計畫要在週六或週日下午和男孩一起看電影，甚至還擬出清單寫好了他們想要一家人一起觀賞的片名。不過目前，電視暫時成為一天最後一個小時才能看的東西，要等到男孩睡著，母親和父親暫時恢復成只是她和他，她坐在床上盯著手機，他則躺在地板上盯著天花板，彷彿做完一輪仰臥起坐正在休息。突然他站起身來也躺上床，手伸向遙控器時中途換了方向，轉而拿起指甲剪開始剪指甲。她看著他想，他最近老是在剪指甲。

「我們要在家裡關好幾個月，他會覺得很無聊。」她說。

「他們允許人們出去遛狗，卻不能遛孩子。」他不滿地說。

「我想他肯定不喜歡這樣，或許沒表現出來，但是他一定覺得很辛苦。你覺得他明白多少？」

「大概就跟我們一樣多吧。」

「那我們又明白什麼？」她問，口氣就像是學生在考試前溫習課本一樣，感覺就像她問的是：「什麼是光合作用？」

「因為有個白爛病毒，所以我們不能出門，就這樣。」

「以前可以做的事情現在不可以了，以前不可以做的事情現在還是不可以。」

「他很想念公園、書店還有博物館，我們也一樣。」

「動物園，」她說，「他沒有講這件事，但是他更常抱怨了，也更常發脾氣。不是很多次，但更多了。」

「可是他不想念幼稚園，完全不想。」他說。

「我希望只是兩、三個月，萬一更久呢？要一整年嗎？」

「我想不會啦。」他說，希望自己的語氣更有信心。

「萬一我們的世界從此以後就是這樣了呢？萬一這次病毒之後又一個接一個來？」這是她問的，不過也可以說是他想問的，同樣的措辭、同樣焦慮的語調。

那些日子裡他們輪流換手：其中一個看著兒子、另一個去工作。他們做什麼事情都進度落後，雖然現在大家做什麼事情都落後，他們卻很肯定自己比其他人更落後一點。他們應該爭論，吵著誰的工作更緊急、薪水更高，但是他們兩人反而都表示願意一整天照顧兒子，因為跟他一起度過的那半日就是中場休息，享受真正的幸福、真實的笑聲、純粹的逃避，他們寧可一整天都在走廊上玩球、在那一小方能夠塗鴉的牆上畫些不小心就變成怪獸的生物、一邊彈吉他一邊讓兒子捲弦捲到走音為止，又或者是閱讀他們現在發現的如此完美的故事，甚至比他們自己寫的、試圖要寫的書好上太多了。就算只有一本那樣的兒童故事書，他們也寧可一整天不間斷讀過一遍又一遍，這好過坐在他們電腦前面，把糟糕的新聞廣播當成背景音，寄出寫滿因延遲而道歉的電子郵件回覆，還有盯著愚蠢的即時感染及死亡統計地圖。他特別會看著兒子的次要國家，這當然還是他的主要國家，他掛念自己的父母，想像著在他跟他們說話之後的幾個小時或幾天後，他們萬一生病，那他就永遠也看不到他們了，於是他就會打電話給他們，每次講完電話都覺得心煩意亂，但是他隻字不提，至少對她不提，因為她最近已經有好幾個禮拜都在煩惱，一股焦慮感緩緩而不甚完美地爬上她心頭，讓她覺得自己應該去學刺繡，或者至少不要再讀自己在讀的那些風花雪月的小說，而且也想著自己應該要做些作家以外的工作。這點兩人有共識，他們已經談過好多次了，因為每一次他們嘗試寫作的時候，經常都能感覺到每一字、每一詞透露出無可逃避的虛無感。

「就讓他看電影吧，」她說，「有何不可呢？只有星期天可以看。」

「這樣至少我們就會知道今天是星期一、星期四還是星期天。」

「今天星期幾？」

「我想是星期二。」

「那就明天決定。」她說。

他剪好指甲看著自己的手，有一種不太確定的滿足，或者好像自己剛剛剪的是別人的指甲，又或者他在看著某人剛剪好自己的指甲，某人不知怎麼地還問他（或許是因為他已經是專家了），想聽聽他的評論或讚賞。

「指甲長得更快了。」他說。

「你不是昨天才剪過嗎？」

「就是啊，指甲長更快了。」他非常認真地說，「好像指甲在白天時就都又長出來了，晚上看會很明顯，快到很不正常。」

「我覺得指甲長得快很好，聽說在海邊指甲長得更快。」她說，聽起來就像是努力要記起什麼，或許是在海灘上睡一晚，感受到陽光照耀在臉上而醒來的感覺。

「我覺得我的快破紀錄了。」

「我的也長得更快了，」她微笑著說，「甚至比你的還快，到了中午幾乎就變成爪子，我剪掉之後又繼續長。」

「我很確定我的長得比妳的快。」

「不可能。」

然後他們把手放在一起，好像真的能看見指甲在長的樣子，好像可以比速度，而原本應該只是很快比一下的場景卻拉長了，因為他們沉溺在這場沉默競賽的荒謬假象中，如此美麗而無用，持續的時間非常久，就連最有耐心的觀眾都會一氣之下關掉電視。不過沒有人在看，雖然電視的螢幕就像鏡頭一樣，記錄下他們的身體凍結在那個奇怪又滑稽的姿勢。寶寶監視器放大了男孩的呼吸聲，這是伴隨著兩人的雙手、兩人的指甲競賽中唯一的聲響，競賽維持了好幾分鐘，但還是分不出勝負，最後終於結束在兩人一直期待著的爆笑聲中，他們真正需要的就是這樣溫暖而坦率的笑聲。

以前的遊戲

迪諾・門格斯圖

在病毒襲來以前，我舅舅一天開計程車十至十二個小時，一週工作六天，就這樣持續了將近二十年，他沒有中斷工作，即使每個月的顧客愈來愈少，有時候他會在國會大廈附近的某家豪華旅館外面徘徊好幾個小時，等著客人上車。他還是一個人住在一九七八年剛到美國時搬進去的那間公寓，我打電話問他最近好不好的時候，他說他以前從來沒有想過自己有一天可能會死在這間公寓，現在會了，語氣聽來是歡樂多過緊張，「在租約上簽名的時候，他們怎麼沒說這件事呢？如果你超過七十歲了，應該就在這裡，寫在租約最上面，注意喔，這裡可能是你人生最後一個家。」

我安撫他說他不會死的，只是我們兩人都知道並非如此。他七十二歲了，每天早上要坐進他的計程車以前，都會在他公寓十二層樓的階梯上下走一趟，藉此在工作前熱一熱全身肌肉。

「你是我認識最強壯的人，」我告訴他，「除非有外星來的病毒才能把你打倒。」

掛電話之前我跟他說我要從紐約開車過去看他。那天是二〇二〇年三月十二日，病毒即將包圍住整座城市。「我們要去雜貨店，」我說，「把你的冰箱塞滿，這樣你就可以一邊等病毒消失一邊變老變肥。」隔天早上我很早就離開紐約，發現紐約到華府的高速公路上已經塞滿了休旅車。舅舅唯一一次到紐約來的時候，問我這城市裡到處是收費高昂的地下停車場，裡頭停滿的車到底是怎麼一回事。舅舅買下自己的計程車以前，在距離白宮三個街區外的停車場工作了十五年，他常常說自己永遠也搞不懂，美國人為什麼要花這麼多錢來停放他們永遠也不開的大車。我塞在車陣中過了一個小時後，想著要打電話給他，告訴他我終於知道怎麼回答他的問題，雖然大家都說美國人很樂觀，但是我們卻對世界末日相當執著，那些空無一物的大車現在就塞在高速公路的四線道上，只是一直在等著恰當的爆發點出發上路。

我終於抵達舅舅的公寓，他就住在華府市中心外圍的郊區，他正坐在大樓前面一張水泥長椅上，雙手合十、手肘都撐在膝蓋上。他揮揮手示意我留在原地，然後坐進他的計程車，就停在我後方幾公尺遠。他發了一條簡訊給我：「停車，我來開。」

我們尷尬地打招呼，在彼此肩膀上拍了三下而不是按照慣例在臉頰上親吻，我們有六個月、可能七個月沒有見面了，而且我至少有十年沒有坐他的計程車了。我們開車駛離他的公寓大樓時，他說這趟出門讓他想起我小時候我們會玩的一個遊戲，那時他會載我和我媽去雜貨店。

「你還記得嗎？」他問我，「你還記得我們以前玩的遊戲嗎？」

我們右轉開上一條寬闊的四線道，兩旁都是購物中心和汽車經銷賣場，我小時候還沒有這些。不知道為什麼，如果就用一個簡單的答案回答叔叔的問題，像是，我當然記得、那常常是我一個禮拜中最喜歡的部分，這樣似乎太過頭了，於是我只是點點頭，抱怨著我們前方開始聚集的車流。舅舅伸手寵溺地搓搓我的後腦勺，然後打開計費里程表，我們以前在他計程車裡玩的遊戲都是這樣開始的，開始跳表後，他就會轉頭看著後座的我問：「先生請問要去哪裡？」我們以前玩這個遊戲的那幾個月裡，從來不去相同的地方第二次，我們先從附近開始，例如華盛頓紀念碑、國家廣場旁邊的各個博物館等等，不過很快就延伸到更遠的日的地：太平洋、迪士尼世界和迪士尼樂園、拉什莫爾山以及黃石國家公園，接著等到我學會更多有關世界歷史地理的知識，又延伸到埃及、中國的萬里長城，後續還有倫敦的大笨鐘和羅馬的競技場。

「你媽媽以前會生我的氣，說我都沒告訴你要選衣索比亞，」他說，「她會跟我說：『如果他要想像什麼，就讓他想像自己的祖國。』我試過跟她談，說你只是個孩子，出生在美國，你沒有祖國，你唯一忠誠的對象是我們。」

我們前面的燈號變紅又變綠，這樣變換三次之後才終於輪到我們移動，這種速度通常會惹怒舅舅，他自己也說他很不擅長按兵不動。我們上一次玩這個遊戲的時候，舅舅跟我媽吵了一架，爭論著我們的假想冒險到底有什麼用，「我們沒錢帶他去哪裡玩，」他說，「那就讓他在計程車後座看看世界。」

我們最後一趟旅程是去澳洲，我媽媽同意讓我們去玩，條件是以後只要她也在車上我們就不能再玩這個遊戲。我們同意了她的條件後，舅舅便打開計費表，接下來的十五分鐘內，我把自己知道的有關於澳洲風景與野生動物的一切都告訴他，甚至我們到了雜貨店我都還在講，我媽媽叫我下車，但我並不想要讓旅程在停車場劃下句點，於是我舅舅揮手叫我媽媽離開，要我繼續講。「告訴我你對澳洲所認識的一切。」他說話的同時，我正好感到一股強烈的疲倦，於是脫下了鞋伸長腿，我把腳縮在身下，舅舅從副駕駛座的置物櫃裡拿出一本厚厚的地圖枕著我的頭，這樣我的臉才不會貼在塑膠皮椅上。

「睡吧，」他說，「澳洲很遠、很遠，你一定是因為時差累壞了。」

我想著是不是要問舅舅，如果他還記得什麼，還記不記得我們快到雜貨店時的那趟最後旅程，不過他正專心想要右轉進入已經停滿車輛的停車場，入口附近看起來還有六、七輛警車斜斜停放著。我們只剩下幾十公尺就到了，但是看著大排長龍的車輛，還有外頭等候的人龍也愈接愈長，手裡都推著購物車，我們想要在貨架被掃光之前進去店裡似乎是愈來愈不可能了。

我們肯定又等了將近二十分鐘才終於能夠轉進停車場，舅舅慶賀著這次小小勝利，食指在計費表上輕敲了兩下，讓我注意到表上的費用。

「終於，」他說，「在美國待了這麼多年，我終於發財了。」

我們慢慢往停車場後方開過去，感覺那裡比較有機會找到車位，但是沒找到，於是舅舅開著車越過一道長長的草皮開進隔壁的餐廳停車場，牆上釘著顧客專用停車場的標示。我等著他將車子熄火，不過他的雙手還是放在方向盤上，身體微微前傾，好像準備再把車開走但是不知道該轉哪個方向。我一時以為自己明白他在煩惱什麼。

「你不用進去店裡，」我說，「你可以在這裡等，我出來了再過來接我。」

這時他轉過來面對我，這是我坐進計程車以來我們第一次直接看著對方。

「我不想在停車場裡等，」他說，「我每天都這樣做。」

「那你想怎麼樣？」

他關掉計費表，然後熄火，但鑰匙還插著。

「我想要回家，」他說，「我想要有人來告訴我怎麼離開這裡。」

十九路公車，伍茲塔克／葛利森

凱倫．羅素

事情發生的時候就像人們說的一樣：時間真的會慢下來。救護車一路呼嘯朝著十九路公車而來，在逆向車道上穿越伯恩賽德橋。查看右方、查看左方、再查看一次，薇樂莉很謹慎注意這輛公車的許多盲點，但是救護車不知道是從哪裡衝出來，穿過她所見過最濃的濃霧而現身，愈來愈大、愈來愈近、漸漸地慢了下來且愈來愈慢，它步步逼近，時間就像一塊黑色的太妃糖愈拉愈長，就連警示燈似乎也閃得有氣無力。就像過了半個世紀，薇樂莉終於轉動方向盤，但此時一切都太遲了：他們動彈不得。

薇樂莉是一位優秀的司機，這十四年來她只有過兩次暫停執行工作的紀錄，兩次完全都是為了某個鬼扯的理由。她的母親塔瑪拉已經七十二歲了，曾中風過正在調養身體，小薇和她十五歲的兒子提克待在家裡。提克收集新奇的水菸壺，塔瑪拉婆婆則囤了一堆瑞氏花生醬巧克力杯。過去一個禮拜，小薇的母親咳個不停，醫生要她待在家裡，等發燒了再說。再說？「量一下婆婆的體溫。」她出門前小聲對提克說，對她母親說話則用了最大音量：「媽，他那些軟糖不是維他命。」

意外發生的那天晚上，她公車上的乘客還不到三分之一滿，自從二月以來，每週載客量下滑了百分之六十三。青少年還是會搭車，漫不經心又滿腦子色情念頭，把市區公車當成自己的打炮特快車，這是提克的說法（她覺得他說這話時有一點嫉妒的語氣，因為提克總是獨來獨往，跟她一樣）。薇樂莉的眼光一直注意著後面兩個長相稚嫩的小女生，她們拉下了口罩在親熱。她們並不想死，而是有著非常強烈的求生欲望，讓她們做出同樣的決定。你無法說服這些孩子有什麼比致命的寂寞更容易傷害他們。

「嘿，茱麗葉，」小薇的聲音透過口罩傳出來有些沙啞，「別再親了。」

「我在幫她檢查病毒。」其中的藍髮女孩喊了回去，還舔了戀人的脖子。薇樂莉沒跟著她們一起笑，「只要妳不要舔我的柱子……」

薇樂莉稱呼常常搭上夜班公車的乘客為「最後一班公車俱樂部」，只要是平日晚上她都會看見八張、十張熟悉的臉。新冠肺炎已經改變了最後一班公車俱樂部的人口分布，現在她的大部分乘客都是把「警戒狀態」當成長期情況的人，像是瑪拉這樣的乘客，他們沒有車但還是需要去買藥品、衛生棉條和食物。瑪拉在查維茲站推著輪椅順著坡道上了公車，大腿上放著一袋溼沓答的來德愛藥局袋子。「妳是最後一個了。」薇樂莉一邊蹲下來固定好瑪拉的輪椅，一邊說，「新的規定，公車不能客滿。」

往好處想，小薇比較不用擔心死亡車禍了，病毒清空了街道，四處閒晃、沒看路就走下人行道的行人也少了很多。小姐！耳機拿下來！自行車騎士：穿得跟演默劇的一樣，這樣好嗎？

她有些同事會把乘客說是「牛」，但是她從來不會跟著這麼說。她對自己的乘客有感情嗎？就像比較老的司機聲稱自己對常客有感情那樣？「我喜歡公司福利。」她對弗萊迪說。她會做這份工作，因為這是她為了提克所能找到時薪最高的工作，「你在為退休存錢？我是為了以後可能血栓存錢。」她開玩笑說道。

「妳覺得這世界上有多少好人？」弗萊迪在休息室裡曾這樣問過她，她毫無猶豫就回答：「百分之二十，有些晚上則是百分之十一。」

在公車上尿尿、收容所裡起火、大聲爭吵、雷克斯街和三十二街口的狗沒綁好、路人亂丟石頭、天氣、可能染了新冠肺炎的乘客。即使是在停止時間的意外發生之前，這禮拜也已經夠精采了。

這條魚的這一生，身邊游著許多鯊魚。有幾個常客是她確實很在乎的，像是班恩這樣的斯文人，只是想要躲避冷冰冰的雨水而上車；還有行動不便的瑪拉，坐著噴上繽紛色彩的輪椅，為她的孫子用紅色毛線織著蜘蛛網般的「龍翼」。現在不能以現金付車資，而這幾天晚上，就算乘客沒有公車卡她也懶得追究了。

她在公車總站拿到一個夾鏈袋，裡面放著一個紙口罩和八張消毒溼紙巾，她自己帶了漂白水，把每樣東西從頭到腳都噴了一輪。弗萊迪在自己的位置掛了從十元商店買來的浴簾保護自己，不過後來主管叫他拿掉了。

那天晚上稍早，小薇忽略了一個不祥的預兆，當時公車正在前往包威爾站的路上：一路上經過十幾家拉上鐵門的酒吧和古董店，每間店看起來都像古怪的姨婆那樣，破爛的平房、荒蕪的玫瑰叢、擋球網和籃框等等。路上突然出現一輛小孩的腳踏車，她趕緊一個轉彎，避開時差點尖叫出聲。公車大燈照亮了腳踏車扭曲變形的車體，把手上散落著緞帶、訓練輪的輪輻如同手指骨頭粗細。她的心跳快得就像喝了九杯咖啡，那裡沒有人、沒有人受傷。公車繼續呼嘯前進，她伸手調了調後視鏡，那輛腳踏車已經成了個平淡無奇的斑點，漸漸縮小，就像童年一樣。她的脈搏慢了下來，她又陷入了平時的思慮中。

一位好司機的自傳履歷就是一千頁平安無事和躲過一劫，薇樂莉一一細數這些陰影，當成自己的福報。

不過現在看起來她的運氣已經用完了，恍惚中，她知道自己的乘客在她身後尖叫著，薇樂莉準備迎接碰撞，但碰撞卻沒有發生。這他媽的是怎麼回事？顯然救護車司機的嘴型也問出了同樣的問題，只是說的話更難聽。他們就像陷入某種隱形油灰裡，兩張飽受驚嚇的年輕臉龐在她的視線範圍裡漸漸清晰，就像底片在托盤中沖洗一樣。公車車輪又往前滾了兩公分，發出一聲像是來自另一個世界的尖銳聲響後才停止，彷彿只要輕吹一口氣就要撞上救護車的水箱罩了。薇樂莉以為自己應該會感覺鬆了一口氣，然而並沒有，雖說已經沒必要但她還是踩了緊急剎車，時鐘就凍結在晚上八點四十八分。她跳下車。

「薇樂莉。」

「伊芳。」

「丹尼。」

他們站在橋上鄭重地握了握手。

「今晚路上都沒有人。」救護車駕駛丹尼說，他的指甲漆成了黑色，緊急醫療服務的制服襯衫也漿洗過，他的白色臉龐在公車大燈照耀下顯得青綠，「我不知道自己走錯車道，霧太濃了，而且我的除霜器也爛透了……」

薇樂莉的眼角餘光一掃，發現自己先前沒看到的景象：奈托大道上車來車往，大燈就像螢火蟲一樣發光著，這道寬闊的車河依著幾何圖形轉彎，朝著太平洋的方向而去；他們身邊卻毫無動靜，黑暗籠罩著這座橋。

「我只想回去繼續開車上路。」薇樂莉說，她不能再多一次暫停執行工作的警告，這些過失會永遠留在紀錄上，而且如果抱怨說這樣不公平，還會多收到一次警告。

「喔，我的天哪。」坐在副駕駛座的護理人員伊芳說，這位黑人女性戴著透明框的眼鏡，有一雙琥珀色的大眼睛，可能只比提克大了幾歲。薇樂莉很驚訝，這些年輕人居然會讓她對自己的灰白頭髮如此在意，而且現在可能都要死了，還會在意頭髮這種毫無意義的事。

「抱歉，我不是故意要握手。」

薇樂莉點點頭，慶幸自己有戴口罩。她也忘記了。她很擔心會把病毒傳染給她的母親，婆婆現在右半邊已經癱瘓了，笑起來就像鵜鶘一樣，她原本很煩惱這樣看起來很可怕，不過提克再三向婆婆保證，她在中風以前看起來就已經像是從地獄來的一樣可怕，只有他能讓婆婆揚起嘴角高到眼睛的笑容。

「實在是太可怕了，」伊芳說，「妳朝著我們衝過來，愈來愈慢、愈來愈慢——」

「我朝著你們衝過去？」

「然後一切就……就停了——」

他們都盯著靜止不動的救護車看，然後一起轉向公車。薇樂莉的乘客在擋風玻璃高高彎起的雨刷後面擺出誇張的動作，看起來慌成一團，但沒有受傷。

外面的世界發生了非常奇怪的事情，威拉米特河不再流動了，越過橋上的護欄看過去就像結了冰的雕像一般。低頭看著深入水底的橋梁支架，一道道光芒閃現又消失，紫色、栗色、最淡的綠色，月亮就像在發牌一樣，隨意灑下各種顏色。

薇樂莉爬回到公車駕駛座上，打電話通知總機：「一九〇二，我在伯恩賽德橋上發生意外，我想我卡在陰陽界之間了，也有可能死了。」

總機似乎已經聽不見她的聲音了：「這裡是一九〇二，在橋上，妳有聽見嗎？」

「救救我。」她輕聲說。

她並不是真的期望有人回應，讓她意外的是自己的困惑竟很快就變成了恐懼，恐懼又變成了令她說不出話來的理解。十九路公車迷失在時間裡了。

薇樂莉並不覺得自己的動作有多敏捷，她有一雙扁平足又有哮喘，開著一輛長度超過十二公尺、重量將近二十公噸的公車，但是她在腦子裡卻像是體操選手一樣一躍就跳到了最糟糕的情況：我可能永遠回不到家人身邊了。

她吞了一口恐懼，那個味道是她從來沒有嘗過的。一切可能就這樣結束嗎？公車只是滑下了桌子掉入某個時空膠囊，就像一顆撞球掉進了錯誤的球袋裡？

人們瘋狂地發著簡訊，拇指在手機上演出歇斯底里的獨角戲。

她突然懷念起晚上八點四十七分的焦慮感，大聲爭吵的聲音是她能理解的問題。

「平靜的一晚。」她對著毫無回音的話筒喃喃說。

吞下的恐慌。低弱的沙沙聲。

「全部下車！」

薇樂莉和伊芳決定走路去求援。薇樂莉不用回頭也知道其他人都跟著她們，她們走到救護車旁邊的時候，薇樂莉覺得自己迎面走進了一股大風裡，她彎下身體努力推進，直到自己無法再向前為止。薇樂莉轉身，看見車上一半的乘客正朝相反的方向掙扎前進，踏著太極般的步伐穿過愈來愈濃的大霧，他們看起來就像樹木一樣，慢慢拔起樹根再重新種下。

「妳是嗑藥嗑嗨了吧媽！」如果她還能見到提克，他就會這麼說。

她大叫一聲衝向那堵隱形的牆，在空中揮舞著拳頭，她從救護車處大概前進了三公尺，雙腳對抗著不斷壓迫的壓力，雙手也漸漸貼在身體兩側。

「我們真的要說這是『意外』嗎？」丹尼有一點不服氣地問，「什麼都沒發生啊——」他指著救護車說，引擎蓋沒有凹陷、擋風玻璃沒有碎裂、安全氣囊沒有啟動，而且座位上也沒有血。

「你在說什麼笑話？時間都靜止了！」她說。

亨伯特是她一個常客，名牌上寫著「伯帝」，手上戴著傳統的手錶，讓她看看分針確實停了，微小的機關都凍結了。「是假的，」他既尷尬又激動地說，「我是說可以看時間啦，不過不是真金的。」他憤怒地搖著手錶，然後大叫一聲便把手錶扔過欄杆，這一掉就是超過二十四公尺高，夜晚將手錶整個吞沒，薇樂莉猜想著手錶到底有沒有落水。

「嘿，注意一下！先生，保持一．五公尺！」

「喔，抱歉。」即使已經接近午夜，還是能聽見人們臉紅的聲音。

班恩患有偏執妄想症，但他似乎出奇地冷靜。「聽著，我這裡有些辣味雞塊，我們不會餓死了。」他打開桶蓋朝周圍的每個人遞出去，可是裡面什麼也沒有。

「我們死了，我們死了。」戴著金黃色頭巾的年輕母親說完就開始哭泣。

這位是在婦產科工作的護理師法蒂瑪，加入最後一班公車俱樂部已經有三年了，她晚上在醫院上班，兒子交由住在蒙塔維拉的外婆照顧，那是在黑河的另一邊，正等著媽媽來接他。

「喔，我得去找我的寶貝——」

「大家都有地方要去，小姐，不是只有妳。」

「不是大家。」班恩輕聲說。

維樂莉為法蒂瑪修正了那句話。

「他說的沒錯，不是只有妳，我兒子也在等我。」

現在他們釋放出體內的鬼魂，嘆息著，美麗的幽魂從橋的兩端呼喚著他們。

「我的未婚妻懷孕了⋯⋯」

「我兄弟生病了⋯⋯」

「我得餵吉妮芙，她是我養的凱門鱷⋯⋯」

丹尼清了清喉嚨：「我知道這不是在比賽，也不是想要贏過這裡的人，但是我們出勤是為了救一個女人的性命，她在浴缸裡癲癇發作了⋯⋯」

薇樂莉的乘客聽了這話很不好受：「好啊，在你想要把我們在路上撞爛之前就應該想到這點啊！」

「挑其他路走啦，小子。」

「下次最好不要挑我們這條路。」

「既然你們都這麼會開車，」丹尼暴怒道，「為什麼還要搭公車？」

其實聽到他們這樣抱怨還滿好的，薇樂莉聽這首歌聽到都背起來了，這是失望乘客的歌謠。她的公車故障了很多、很多次，在弗拉維爾就爆胎了兩次，還是在炎熱的七月裡；在拓荒者廣場前那條路上也出過很多次電路問題。從來不會有人說，喔沒關係啦，小薇，多等一個小時再到我的目的地也沒差。

這次是前所未見的危機，不過這次終於還是出現了熟悉的感覺，沒有救援部隊會來幫助他們，於是薇樂莉宣布，他們九個人必須合力想辦法解決。

現在最後一班公車俱樂部眾人的心情有了變化，大家都想幫忙，湧起了一股欲望，進而分解成一百個小小的動作，亨伯特掀開引擎蓋查看，藍髮女孩鑽進後方輪胎之間探找線索；伊芳和丹尼嘗試搭電啟動救護車上的時鐘。這些小小努力累積起來的力量是不是開始發揮作用、重新推動這一刻、將時間從宇宙泥淖中拔了起來？或者是法蒂瑪的生產計畫真的有效？

「聽著，我不知道為什麼我之前沒想到這點，我們就卡在八點四十八分至八點四十九分間的峽谷，有時候在分娩時也會發生這種事，恐懼會讓一切運作停止。」

公車似乎正耐心等著整輛車撞上橋梁欄杆。

法蒂瑪解釋自己如何將胎位不正的嬰兒轉過來，她想讓他們在十九路公車上試試看她的方法。「丹尼，我要你站在公車後面；亨伯特，不要那樣歪著脖子，我來幫你調整姿勢……」

法蒂瑪堅持安全第一，他們各自散開站在公車上下。法蒂瑪說重點就是唱歌，她解釋道，這是個老方法，可以加速生產。「這樣可以打通嘴巴、喉嚨……所有一切。」她在空中畫了一個S，從嘴唇指向星星。「有個東西塞住了，我不懂為什麼會發生這種事，但是我知道如何讓拖延太久的分娩再次啟動。」

他們還能怎麼辦呢？最後一班公車俱樂部跟著她的指示，和她一起唱歌，兩次快速的淺呼吸，一次從橫膈膜吐氣。他們唱著歌，這首動物之歌沒有歌詞，可以感覺到充滿能量而滑溜的空氣中壓迫感愈來愈高。橋梁開始微微震動，吟唱了幾段歌以後，便發出了低鳴聲。眾人的肺部與手臂就像著了火似的，但是公車仍然文風不動。丹尼、亨伯特、班恩、瑪拉、伊芳、薇樂莉、法蒂瑪，還有兩個茱麗葉一同吐氣，氣流朝著公車而去，法蒂瑪微笑著手一指，輪胎開始以幾乎察覺不到的速度滾動起來。

用力！用力！

冒出一串火花，藍色的胎面上冒出小小的橘色火花就像公雞頭一樣。

法蒂瑪轉向丹尼和伊芳說：

「你們兩個怎麼還不回救護車上？」

「我不想死！」丹尼尖叫著。

「把車子打到倒車檔。」法蒂瑪溫柔地說。

她和伊芳互看一眼，「漫長的一晚。」伊芳無聲地說。

之後會有很多時間讓他們意見不同。一半的人會堅持說時間就這樣自己解凍了，他們的行動沒有任何影響；其他人則很肯定眾人的齊心協力拯救了他們，不過是哪部分的力量呢？唱歌還是用力推？

「大家回到自己的位子上！原本坐哪就坐哪！」喜歡蘭花的瑪拉這樣建議，花瓣和萼片會在花苞裡緊密對稱排列，這叫做花襞，如此能夠引導花朵的能量破土而出。最後一班公車俱樂部一起坐在公車後方唱著歌，就好像學生到但丁休息站的校外教學一樣，薇樂莉仰起頭嚎叫著，終於，主鑰匙讓引擎再次發動了。

接著輪胎發出尖銳聲響並滾動起來，速度快到讓人胃裡翻騰不已。濃霧散去，讓人看見流動的河水，一隻老鷹翱翔飛過天際，一顆流星墜落。救護車倒退並快速前往下一個緊急救援任務，新生的陰影凝結在河面上，其中一道開始游動，有些拖拖拉拉地跟在十九路公車後頭。在車上，年少的情侶還在唱歌，興致正高的她們已經完全走音。橋底下，一群小魚游過了公車映照在水面上的龐然黑影。

薇樂莉在月光下疾駛離開伯恩賽德橋，月亮閃耀著如玻璃紙的光芒。時鐘滴答走到了八點四十九分。惡兆就藏身在一整天、一整個人生的脈絡裡，等著喚醒人的記憶。小薇記得那輛小小的腳踏車，在某個地方有個孩子正睡著，紅色血液在她體內流動，根本不在靠近馬路邊的地方。

感覺幾乎像是麻木的腳逐漸甦醒。

她開著車，不同時刻的片段開始像萬花筒般竄過小薇的身體，既疼痛又深刻：她母親躺在地板上、提克出生時那把白色刀刃、弗萊迪端著熱騰騰的咖啡笑到流眼淚、燒焦橡膠的味道等等，她的歲月就像電路一樣纏繞在一起。現在她可以就著城市裡真正的燈光看見了：公寓大樓裡燈火通明的大廳、港口裡形單影隻的小船；河岸兩旁林立的營地帳篷區和空蕩蕩的旅館。他們所離開的世界也是他們回來的地方：巍巍顫抖、雨水溼透、鬱鬱蔥蔥、散亂不堪、生氣勃勃。

在橋的另一頭，他們還會保持聯絡嗎？節慶時寄賀卡給彼此？拉一個訊息群組？不太可能。薇樂莉已經可以感覺到他們又漸漸疏離，有人是兼職打工、有人領固定薪水；有人住東南邊、有人住西南邊；有些人有工作、有家、有目的地，也有些人像班恩這樣。有些人一過了河就會忘記，而其他人則永遠也忘不了那一幕，但是他們都有共同的夢魘，一次奇蹟似的逃脫。薇樂莉踩下煞車等紅燈，她明天還會在路線上看到班恩，不斷反覆在城門口站到史考特山站之間來回。或許他們可以聊一聊，戴著口罩聊天。綠燈了，而她已經開始懷疑自己會不會這麼做。

若希望就是馬

大衛・米契爾

「沒有海景？一週就要九百英鎊？我要去跟貓途鷹客訴。」

她冷哼一聲：「往好處想，陛下，整層閣樓都是您的，有按摩浴缸、三溫暖、迷你酒吧。」她輸入密碼、刷了門卡，然後LED燈就變綠了。「離家在外也能有家的感覺。」門鎖喀啷一聲，門便打開了，二・五乘三・六公尺大小的房間看起來非常普通，有廁所、桌子、椅子、櫃子、髒兮兮的窗戶，他看過更好的，也看過更爛的。

我一進門之後門就關上，也看見了分成上下舖的床，有個混蛋已經躺在上舖，應該是阿拉伯人、印度人、亞洲人之類的，他看到我很不高興，就像我看到他也很不高興。我敲著門：「喂！警衛！這間房有人了！」

沒有反應。

「警衛！」

那頭該死的母牛已經走遠了。

今日預報：整天都是陰鬱多雲。

我把行李袋扔在床上。「很好。」我看著那個亞洲傢伙，他看起來沒有羅威納犬那種凶猛的樣子，但是也不能這樣就放鬆。我猜他是穆斯林。「剛從旺茲沃斯過來，」我告訴他，「我應該要隔離，一人一室，因為我獄友染到病毒了。」

「我檢查出來是陽性，」亞洲傢伙說，「在貝爾馬什。」

貝爾馬什是A級監獄，我想著，恐怖分子嗎？

「不是，」亞洲傢伙說，「我沒有支持伊斯蘭國。我不會朝著麥加祈禱，也沒有四個老婆、十個小孩。」

不能否認我就是在想這些，「你看起來不像生病了。」

「我是無症狀，」他解釋著，我不太懂那是什麼意思，「我有抗體，所以不會生病，但是我有病毒可以傳染給別人。你真的不應該住進這裡。」

對嘛。典型的司法部門胡搞瞎搞。房裡有緊急呼叫按鈕，於是我按下「呼叫」鈕。

「有人跟我說這裡的警衛把電線剪了。」亞洲傢伙說，「只要能安靜過日子，他們什麼都做。」

我相信。「反正到了這時候可能也太遲了，以病毒來說的話。」

他點了一根自己捲的菸，「你說的大概沒錯。」

「祝我他媽的生日快樂。」

水管流出了一些水。

「是你生日嗎？」他問。

「只是說說。」

第二天。跟我一起被關在旺茲沃斯的波戈・侯金斯睡覺打起呼來就像獵鷹式戰鬥機一樣，這個叫贊姆的亞洲傢伙睡覺時倒很安靜，我醒來時感覺也不錯。等到門底下的閘口打開要將早餐送進來時，我已經準備好了，我跪在地上要吸引送餐員的注意：「嘿，老兄。」

對方聽起來煩到極點：「幹嘛？」

「首先，這裡關了兩個人。」

我看見一邊耐吉運動鞋、脛骨，還有一邊的推車輪子，「我這邊印出來的資料顯示的不是這樣。」聲音聽起來是大個子的黑人老兄。

贊姆跟我一起跪在閘口邊說話：「你的資料寫錯了，你也聽到我的聲音了吧。而且我們應該要單獨監禁，關在單人牢房裡。」

大個子黑人老兄用腳把閘口關起來，時間足以讓我要求第二份早餐了。

「是喔，想得美。」閘口啪一聲關上了。

「你吃吧，」贊姆說，「我不餓。」

盒子上畫了一頭豬，還有個對話框寫著：「兩根多汁的豬肉香腸！」「怎樣，因為你不能吃豬肉嗎？」

「我吃得很少，這是我的一種超能力。」

於是我狼吞虎嚥吃下唯一一根香腸，既不多汁也不是豬肉。我把餅乾和過期的優格遞給贊姆，他還是說不用了，我也不需要人家再說第二次。

今日預報：多雲偶晴。

電視就是個破爛的垃圾盒子，不過今天讓我們看了一點第五頻道上的《瑞琪皮克秀》，一定是重播的，大家都擠在攝影棚裡呼吸著彼此的病菌，今天的節目叫做〈我媽吃了我男友這根嫩草〉。以前凱莉還懷著小潔的時候，我們會一起看瑞琪．皮克的節目，還會覺得這群人就是些互相咆哮、不停嘮叨抱怨的可憐蟲，看他們這樣互揭瘡疤還挺有趣的；不過現在不會了，就連最可悲、最可憐、最悽慘的人都擁有我沒有的東西，而他們甚至都不知道。

第三天。感覺很糟，不停咳嗽讓人難受。我問大個子黑人老兄能不能看醫生，他說他會幫我登記，但是仍然只給我們一份早餐、一份午餐。贊姆叫我吃，說我必須保持體力。我們一次都沒踏出過牢房，不能去運動場、不能洗澡，原本以為隔離就跟露宿街頭差不多，結果是跟單獨監禁一樣慘。電視上播了半小時的獨立電視臺新聞，首相鬼扯・糨糊腦說：「保持警覺！」非常可靠的天才總統說：「喝漂白水！」而半數美國人還認為他是天上掉下來的禮物，這什麼國家。還有幾條新聞報導明星如何度過封城，不知道該笑還是該哭。然後電視畫面就黑掉了。我做了幾下伏地挺身，但是又開始咳嗽。我大口喘氣想吸到的不只是空氣，我要拜託大個子黑人老兄幫我想辦法弄點好料來，可能要付雙倍的價錢，但這癮頭必須解決。午餐是用粉泡的牛尾湯，喝起來比較像狐尾湯。我喝了湯，在水槽邊上看見一隻老鼠，棕色的大混蛋，可能咬掉你的腳指頭。「看見老鼠先生了嗎？一副這地盤是他的樣子。」

「確實是啊，」贊姆說，「從許多角度來說都是。」

我把運動鞋扔向老鼠，沒丟中。

我站起身來，這時老鼠先生才迅速往下溜進廁所底下的一個洞裡，我往洞裡塞了幾頁《每日郵報》把洞塞死。

這麼多大動作把我累死了。

我閉上眼睛坐了下來。

今日預報：陰天，稍後有雨。

我想起了潔瑪，想起上次凱莉帶她來旺茲沃斯的時候，她那時才五歲，現在都七歲了。在外面，時間有快有慢；在裡面，總是慢的，慢得要命。小潔生日時凱莉買了一隻彩虹小馬給她，說是我送的，她也帶到旺茲沃斯來了。其實那只是十元商店買來的盜版彩虹小馬，但小潔不在意，把小馬取名叫藍莓疾風，她說牠基本上很乖，但有時會調皮，在澡盆裡尿尿。

「他們的想像力真的很豐富，對吧？」贊姆說。

第四天。來了個郎中：「威爾考斯先生，我是王醫生。」

我看到他的口罩上方是一對中國眼睛，我的喉嚨很痛，但放過這機會就太可惜了：「我比較想看的是良醫生[5]。」

「如果每次聽到這句話我就能賺十英鎊，現在我就可以住在開曼群島的豪宅裡了。」他似乎還不錯。往我耳朵裡塞了什麼東西量體溫，檢查脈搏，然後又伸東西進我鼻孔上方抹了一下，「可惜檢測的結果還是有可能出錯，不過我認為你確診了。」

「所以我可以去有很多漂亮護士的醫院了嗎？」

「漂亮護士有一半都休病假了，而且醫院也客滿了，用來分流的病房也一樣。如果你只是有點不舒服，你最好待在這裡撐過去，相信我。」

預報：接下來一整天都不穩定。

我的聽力變得怪怪的，贊姆問起東倫敦專治新冠肺炎的醫院時，聲音聽起來是從遠處傳來的。

「他們不收犯人。」王醫生告訴我。

聽了就不爽。「他們是擔心我會拆掉自己的呼吸器放到網路上賣嗎？還是說我們這

5 王醫生的英文為Dr. Wong，Wong與Wrong（錯的）拼音接近，故主角開醫生玩笑說想看對的（Right）醫生。

些受到女王陛下款待照顧的人不值得像其他人一樣活下去嗎？」

王醫生聳聳肩，我們兩人心知肚明。他開給我六顆止痛藥、六劑定量吸入劑，還有一小瓶可待因。

贊姆說他會確定我依照醫囑使用。

「祝你好運，」王醫生說，「我很快會再過來看你。」

然後又只剩下我和贊姆兩個人了。

水管裡流下一些水。

保持警覺。喝漂白水。

六根肥美的香腸在煎鍋裡滋滋作響，我跟凱莉說了自己奇妙的監獄噩夢，說起拉弗提的公寓、監獄、贊姆、她還有潔瑪，還有史蒂芬，天啊，感覺好真實。凱莉笑了：「可憐的小路克……我不認識有誰叫史蒂芬。」然後我陪著小潔走路去吉爾伯特路上的學校。淺淺的綠色、鬱鬱蔥蔥的綠色，陽光灑在我臉上，馬兒就從路肩跑了過去，好像電玩遊戲《碧血狂殺》的一幕。我告訴小潔自己以前也曾經是聖加百列小學的學生，那一年我就住在黑天鵝綠地這裡，住在羅斯伯父和黛恩嬸嬸家。校長還是普萊特利先生，看起來完全沒老，他謝謝我接受他的邀請，我則告訴他聖加百列小學是我待過的學校中，唯一沒有霸凌別人或者被霸凌問題的學校。接下來我就坐在以前的舊教室裡，身邊有我的表親羅比和艾姆，還有喬伊・多喝水、櫻花・尤。「自從新冠肺炎改變我們的世界已經過了三十年，」普萊特利先生說，「但是路克回想起來就好像是昨天才發生的一樣，對不對，路克？」所有人都看著我。所以病毒現在已經是歷史課了，而我已經五十五歲了，外面的時間過得還真快。然後我看到他了，就坐在後面，雙手抱胸，他是他，我是我，沒有互稱姓名，就我們兩人。他脖子上的槍傷傷口一開一合，就像紀錄片裡那個大衛・艾登堡潛入水底，嘴巴像閥門一樣開合。我對他的臉比對自己的臉還熟悉，堅定、若有所知、悲傷、沉默，他躺在拉弗提的沙發上流血至死的時候就是那張臉。他的喉嚨已經不見了一半，那是他的槍，我們只是在把玩，然後，砰，他媽的真希望這事從來沒發生過。但若希望是馬，乞丐也會騎上去，什麼願望都能實現了。我醒來，病得像隻狗、罪惡感嚴重得要命。還要等三年我才能申請假釋。隔離第五天，暴風雨逐漸接近。打雷了。為什麼我得醒來？為什麼？日復一日，一天又過一天。不能再這樣下去了，就是他媽的不行。

第六天。應該是。刮著強風，不時有閃電。我的身體就像個屍袋，裝滿了痛苦、熱燙的礫石，還有我。走了三步到馬桶上我就不行了。好痛，呼吸好痛，不呼吸也好痛，每個部位都他媽的好痛。晚上了，不是白天，第七晚，還是第八晚？贊姆說我脫水了，逼我喝水，贊姆一定是趁我睡覺的時候上廁所，真識相，波戈・侯金斯早上、中午、晚上都要拉屎。老鼠先生早我一步鑽進早餐的餐盒裡，一路吃到盒子裡還咬了香腸一口，我是不餓啦，但還是不爽。有可能就這樣死在這裡，一直等到疫情結束才被人發現。老鼠先生會知道，老鼠先生還有他飢餓的朋友。如果我死在這裡，小潔會記得我什麼？穿著監獄制服的乾癟光頭骸骨，對著她畫的圖嚎啕大哭，畫裡有媽咪、爹地、潔瑪和藍莓疾風，再過幾年，就連這樣的記憶都會消失，我只會是一個名字、電話上的一張臉，總有一天會被刪除。我是家裡無人願意提起的祕密、破壞別人的家庭、會吸毒又殺人。很好，潔瑪以後畫她的家人就會是她、她媽媽、史蒂芬還有弟弟，不是「同母異父的弟弟」，而是「弟弟」，你猜怎麼著？

「怎樣？」贊姆倒出我的可待因，「喝吧。」

我吞了藥，「小潔忘了我最好。」

「你怎麼會這麼想？」

「是誰讓她有得吃、有得穿？讓她冬天裡能保暖？幫她買了彩虹小馬魔法城堡？模範市民史蒂芬、專案經理史蒂芬、商業研究史蒂芬。」
「是這樣嗎，自憐研究路克？」
「要是我手能抬起來就揍你一拳。」
「就當做你已經揍了吧。但是你問過潔瑪怎麼想了嗎？」
「下次她見到我的時候，我已經三十幾歲了。」
「超老。」贊姆比我大，看不出他幾歲。
「如果，如果運氣好的話，我會在亞馬遜的奴隸倉庫裡工作。最後可能是在特易購賣場外面乞討，然後又回來這裡。潔瑪怎麼可能那樣說，有哪家的女兒願意說『他是我爸』？我怎麼跟史蒂芬比？」
「不用比，你專心當路克就好。」
「路克是個無家可歸的毒蟲，失敗的可憐蟲。」
「路克可以做很多事情，選個最好的來做。」
「你聽起來很像《超級星光大道》的評審。」
「那樣是好還不好？」
「說起來很簡單。你說話很得體，贊姆，你有銀行帳戶、受過教育、有人脈、有安全網，等你出去了有得選擇。等我出去了，可以拿到二十八英鎊的出獄救濟金，然後……」我閉上眼睛，看見拉弗提的公寓，那裡躺著一直都會是死人的那傢伙，他死了，都是因為我。

「路克，我們做過什麼不能代表我們的為人。」

我的大腦就像一個羽量級選手跟綠巨人浩克關在同個籠子裡，不斷被他狠揍，「你是誰啊，贊姆？該死的牧師嗎？」

一直到現在我才聽到他笑。

「早安，威爾考斯先生。」中國眼睛加口罩。

退燒了。「良醫生。」

「開曼群島，我們來囉。還在這裡啊？」

今日預報：晴時多雲，乾燥。「還沒死呢，感覺不錯，多虧了護士贊姆。」

「很好。誰是山姆？」

「贊姆，ㄗ開頭。」我指著上鋪的傢伙。

「我們說的是……天上的力量嗎？還是典獄長？」

我啞口無言，他也啞口無言。「不是，贊姆，我的牢友。」

「牢友？在裡面？隔離期間？」

「醫生，現在才嚇到一臉驚恐有點晚了吧。你上次就見過他了，那個亞洲傢伙。」

我大叫：「贊姆！出來吧。」

贊姆還是不發一語。王醫生看起來很為難：「我不會允許在隔離牢房裡一間房就關了兩名犯人。」

「醫生，恐怕你確實是他媽的允許囉。」

「如果這裡有第三個人我應該會知道，這裡實在沒什麼地方能躲。」

廁所水管傳來排水聲。

我喊著贊姆：「贊姆，你要不要跟他說？」

我的牢友沒有回應。睡著了嗎？還是死了？

庸醫生看起來很擔憂：「路克，你有沒有拿到比我開給你的處方藥更屬於娛樂性質的藥物？我不會告訴警衛，但是身為你的醫生，我必須知道。」

「不好笑啦，贊姆……」於是我站起身來，發現贊姆空蕩蕩的床上沒有床單，什麼都沒有。

系統

游朝凱

他們需要彼此。喜歡在彼此身邊，喜歡碰觸彼此。

他們搜尋東西：

　哈利與梅根

哈利與梅根　加拿大

新年願望

新年願望　多久

他們喜歡跟家人在一起，他們喜歡跟陌生人在一起。他們在小空間裡工作，擠在盒子裡，空氣擠來壓去。他們睡在箱子裡，需要彼此，碰觸彼此。他們在世界各地移動，在世界的每一個地方，就像我們。

他們搜尋東西：

　哈利與威廉

梅根與凱特

梅根與凱特 結怨

美式足球聯會季後賽照片

他們自問：

我應該害怕嗎

我應該多害怕

他們自問：什麼是新冠肺炎。新冠肺炎是什麼。奧斯卡派對點子。國情咨文。國情咨文什麼時候。超級盃賠率。豆泥醬非常辣。豆泥醬不太辣。他們自問是不是應該害怕，但他們已經很害怕。

他們有一套模式。週末，暑假計畫。他們有做事情的方法，不知道自己該怎麼放棄這些。

他們有弱點，他們需要彼此，喜歡陪在彼此身邊。他們會製造聲音，張開嘴巴擠壓空氣，對著彼此製造聲音。哈哈哈是聲音，謝謝是聲音，你看過梅根跟哈利的那個東西了嗎也是聲音。

他們有系統，系統有壓力，有成長的壓力。製造更多東西，更多、更多、更多。

他們進入有空氣的盒子，盒子裡還有更小的盒子、還有更小的盒子，許多都蜷伏在盒子裡，就坐在那裡共享空氣。

他們的行動一開始看似隨機，不過深究他們的動作之後就能清楚發現，系統有模式。陽光會讓他們走出小盒子，他們共同移動成一道道匯流，形成巨大的匯流，有時會移動到離自己住家的盒子非常遠的地方，到了某個樞紐或中心，集合進入大盒子。匯流是在地面上，他們也能在空中移動。他們自己分類並將工作切成小部分，工作就是要製造更多，更多、更多、更多。他們一整天就是分散成小組，然後重新組成新的團體。擠壓著空氣。有接觸。在月光下，他們匯流著回到自己的箱子或其他箱子裡。

天氣變暖時，他們在箱子裡的時間就會減少；天氣轉冷了，他們就在箱子裡取暖。他們依循著地球、月球與太陽的週期，他們大多數都能活許多週期。

他們搜尋各種東西：第一次約會點子。西班牙小點酒吧。西班牙小點市中心。武漢。武漢在哪裡。我附近的壽司。怎麼知道他有興趣。怎麼知道她有興趣。成功的第一次約會怎麼知道。第二次約會點子。義大利。義大利倫巴底。中國病毒。川普中國病毒。新冠病毒跟感冒。新冠肺炎不可怕。

他們搜尋各種東西：為什麼有些人說新冠肺炎不可怕。值得信任的新聞來源。佛奇。佛奇可信度。佛奇打臉動圖。佛奇很帥。佛奇結婚。

他們自己分成許多團體，他們說：我們有些是他們，有些是我們。他們不是每次都說實話，他們自己也會散播消息，更多、更多、更多。

他們自問：

誰發明了新冠病毒

WHO發明了新冠病毒

他們搜尋東西：州長。封城。

他們改變模式。

他們搜尋：

一．五公尺有多長

他們自問：Zoom是什麼。如何使用Zoom。學校成績。我的成績算數嗎。

他們搜尋，他們尋找模式，他們收集資料。他們在資料中尋找模式，然後做出意外之舉：他們改變自己的模式。不再有匯流到大箱子，樞紐都空了，匯流消失了，空中的移動也消失。他們仍然待在小箱子裡。

他們自問：買得起的Chromebook筆電。Zoom要收費嗎。小孩無聊。小孩無聊可以玩的活動。謝謝老師。感謝教師。種蔥。蔥長多快。二次方程式。正弦、餘弦、正切。如何為小孩保持樂觀。如何在小孩面前看似樂觀。封城還有多久。要對孩子說什麼。

比較老的他們獨自坐在箱子裡，盯著比較小的箱子。比較老的他們呼吸空氣有困難。

他們找到了模式，但他們有些需要找更多模式。

顯示搜尋的結果：新冠病毒

結果搜尋到：新冠病毒陰謀論

他們自問：如何剪頭髮。如何挽救孩子的髮型。兒童帽子。

比較年輕的他們搜尋：訪問太空人。博物館虛擬參觀導覽。我的學校什麼時候能開學。某物對浩克誰會贏。浩克對沒有錘子的索爾誰會贏。浩克和某物對喝醉的索爾誰會贏。新冠病毒是真的。新冠病毒小孩。母親節點子。送給媽媽的禮物。免錢自己做禮物給媽媽。全部蜘蛛人對浩克誰會贏。

他們需要彼此，喜歡彼此。他們想念彼此。

他們自問：

　貓會憂鬱嗎

他們搜尋：

　食物銀行捐贈。我附近的食物銀行。

什麼是大規模流行病。什麼是無薪假。如何保護孩子。如何保護老人。多老算老人。

我是老人嗎。

　什麼是

　如何

　可以嗎

　我可以嗎

數字。數字以上。數字增加。

多久會出現新冠病毒症狀？新冠病毒有疫苗嗎？如何避免新冠病毒？新冠病毒是怎麼開始的？病毒變得更強了嗎？什麼是心理健康？我怎麼知道自己有沒有憂鬱症？什麼是最安全的外帶食物？

他們搜尋：

停止支付指標。

停止支付指標對失業的意義

失業辦公室數量

何時解封列克星敦

何時重啟弗林特

何時可以重啟鮑靈格林

天氣變暖時，他們又改變了模式。他們對溫度很敏感，在箱子裡待的時間減少了。

他們許多都死了。他們死時就不再擠壓空氣。他們死時就不再搜尋任何東西。

天氣變了，他們再次改變模式。他們在箱子裡靜靜待了許多週期，開始冒出來了，他們有些餓了。

他們有些餓了，他們重新啟動系統。慢慢地，匯流恢復了。壓力愈來愈高，更多、更多、更多。他們製造食物，他們有些擁有太多食物，有些跟其他分享食物，有些排隊等食物。

他們搜尋各種東西：貓還是憂鬱

我們在熊市嗎
什麼是熊市
什麼是薪資稅減免
什麼是戒嚴
我如何就地掩護
最安全的居住城市

怎麼樣算發燒。怎麼樣算乾咳。怎麼樣算必要。

現在有什麼開門。什麼是接嚴[6]。如何製作乾洗手。如何縫口罩。用上衣當口罩。內褲當口罩。什麼是N95。如何退燒。獨居。如果獨居怎麼辦。

他們有次團體，各個次團體之間基本上分不出差異，就基因而言是如此。他們有看不見的信號，可以幫助次團體的成員分辨出其他同伴。他們自己分組，他們說：我們有些是我們，有些是他們。

他們有弱點。

他們有些很積極，有些很困惑，有些記憶力不好，有些無法改變他們的模式。他們有系統，空氣的系統、資訊的系統、點子的系統。

他們有些喜歡呼吸，就像自己有權這麼做。

他們有些不能呼吸。

他們有些發出的信號是與環境有關的錯誤資訊。

錯誤資訊在人口間快速傳播。

錯誤資訊可以透過嘴巴或眼睛傳播。

這些信號會讓他們有些困惑。

他們其他人研究我們。

他們知道我們是什麼：不算活著。看不見。訊息。

他們有看不見的信號。

他們彼此交談，他們擠壓空氣。他們需要彼此，喜歡彼此，想念彼此，考慮著彼此。

他們馴服了看不見的力量。電磁力。光。他們就像我們，他們有編碼，符號序列的編碼，他們將資訊編碼並傳播。

6 應指戒嚴，這裡的Martial Law刻意拚成了Marshall Law。

他們可以待在小箱子裡，用編碼對彼此發信號並協調行動。他們可以一體多元但似乎又是一體。他們有粒子，他們有傳播，他們有神奇的力量。他們可以跨越時間與空間而溝通。

他們有科學。

他們知道：

人類基因組中大約有百分之八是病毒ＤＮＡ。

他們知道我們永遠不會分開。沒有次團體，沒有我們和他們。

他們搜尋各種東西：

在哪裡抗議

安全抗議

如何抗議

他們明白：

社群就是傳播的方式。

社群就是解決的方式。

他們會繼續前進。從各個箱子中的箱子中的箱子裡冒出來，走進陽光，恢復週期。他們會對彼此傳遞訊息。他們有些會困惑，有些會分享食物，他們會製造更多、更多、更多。他們有些會死，有些會餓，有些會獨居。

系統還會是系統，但是他們有些可能會改變系統，重建，製造新的模式。他們會再次飛行，再次聚集在樞紐，數以千計聚集起來並彼此擠壓空氣，他們對彼此製造哈哈哈以及其他聲音，藉此示意看不見的東西。

有些東西不會改變。他們會需要彼此，喜歡彼此，想念彼此。他們會有弱點，還有優點。他們自問：哈利與梅根現在怎麼了。哈利與梅根下一步。

完美的共乘伙伴

保羅・裘唐諾

（原文為義大利文，由亞歷克斯・瓦倫特〔Alex Valente〕翻譯為英文）

米歇爾一來就要開始禁欲了。

米歇爾是我妻子的兒子，自從他搬去米蘭讀大學，瑪薇和我也搬進了比較小的地方，那是專門為兩人生活而設計的，如今我們三人已有四年沒住在一起。

北部的情況開始變得真的很嚴重的時候，米歇爾打電話給我，我今晚要過去，他說。

為什麼？

米蘭不安全。

可是火車一定客滿了，而且真的很貴。

火車也不安全，我搭共乘汽車。

我反對，認為與其要在某個陌生人的車上待六個小時，受病毒感染的火車還是比較好。

司機的評價非常棒，他說。

距離我應該要去接他的時間還有幾個小時，我躺在瑪薇身邊跟她說：我擔心自己已經忘記三個人住一起要怎麼生活了。

可惜我還沒，她回答。你可以關燈嗎？

然而我很緊張，不能就這樣讓她睡著。我們做愛了，幾乎馬上就結束，屋裡的空氣密度變得不大一樣，我感受到某種壓力。

一定是太焦慮了，我從廁所回到床上時說。

瑪薇似乎已經睡去。

對，一定是焦慮的關係，我又說了一次。都是因為疫情這些的。

她將手輕輕擺在我的前臂上，我讓她放在那裡好一會兒，然後便準備出門。

我在我們講好的地方等米歇爾，在羅馬市區外頭的一處空地，距離小路還不算近。

瀝青裂縫中冒出雜草，附近酒吧裡的人不斷盯著我看，可能是因為我已經在車裡坐了三十分鐘，而且現在都凌晨三點了。

我回想起其他就像現在的時刻，那時米歇爾才九歲、十歲、十一歲，瑪薇和她的前夫總是會選擇像這樣不討喜的地方進行人質交換，像是購物中心的停車場或十字路口。我會坐在車裡假裝自己不在場，瑪薇和米歇爾坐進車來，在我們到家之前都沒有人會開口說話。我都會仔細選擇音樂，不能太悲傷也不能太歡樂，總是找不到真正適合的。

我看著米歇爾從後車廂拿出一個超級大的行李袋。他打算要待那麼久嗎？司機下了車，同時還有一個抱著小狗的年輕女人，他們友善地互相道別。

幾分鐘之後，米歇爾坐在車裡開始抱怨那個女人，她逼著他們繞路去了波隆納附近，根本毫無意義，而且也完全沒提到有狗的事，萬一他過敏怎麼辦？

不過米歇爾不對狗過敏，而是對貓過敏。我帶他去見我父母時他拒絕進門，堅持說貓毛會害他哮喘病發。

抱怨完之後他安靜了一會兒，凝視著車窗外這片黑暗城市。

都看不到他們在外面了，對吧？他說，終於。

誰？

中國人。

米歐爾九歲、十歲、十一歲的時候會拒絕使用IKEA餐具，他說，因為那些都是中國製造的。我們一直都無法抹去中國和IKEA的這層關聯，最後就放棄了，至少瑪薇是放棄了，她買了一套專供他個人使用的餐具，包裝上寫著「義大利製造」。

也許他們不在外面是因為現在是半夜，我說。

但他堅持：你必須承認我對他們的看法沒錯，承認吧。

我沒有，只是一直盯著他的手，不斷追蹤著他摸過這車上的所有地方。

最後我忍不住開口：你的手有沒有消毒？

當然。

然後，似乎是為了回應我內心抗議他坐在車上的想法，他又說：我在共乘App上的評價是最高的，以乘客來說，顯然我是完美的共乘伙伴。

幾天後，義大利成了一個巨大的紅色熱區，禁止在各地區間移動，禁止離開自家超過一百八十公尺以外的地方。每個人無論現在身處何地，都必須就地尋找居所，包括米歐爾。我們困在這裡了。

我從商店回來時跟瑪薇說：我戴著口罩可以聞到自己的口氣，有一點臭。

她還是翻著她的雜誌。

也許是缺乏陽光，我說，維他命D不足，妳知道嗎？

米歇爾光著上身走過廚房，我想要叫他穿上衣服，說我不喜歡他這樣走來走去，但是他才剛起床，這時候絕對不要跟他說話，於是我沒說。

他看起來比我還壯，身體似乎占了很多空間。然後我想起來幾年前也曾經這麼想過，當時他身材只有現在的三分之一，明目張膽地討厭我，就像每個小孩一定都會這樣討厭自己的繼父或繼母。

廁所的門一關上我就轉向瑪薇說：妳看到了嗎？他穿了我的襪子。

我拿給他的，他沒有薄的襪子。

但是我很喜歡那雙襪子。

她一臉古怪地看著我：你很喜歡那雙襪子？

對啊，有一點。

沒關係，還是可以洗啊。

雖然我很努力壓抑，卻還是不爽，因為我的臭口氣也因為我的襪子，只是我不知道哪個最讓我在意。又或許是因為瑪薇和我自從米歇爾來了就沒碰過彼此，我甚至不知道我們漸行漸遠的最大因素是哪一個：米歇爾、疫情，或者是在他抵達那天晚上最後一次慘烈的嘗試。晚上，我會在臥室的微弱光線下盯著妻子的背部，看見的是一座我爬不上去的高聳山脊。

在那些時刻，我經常想起一篇音樂巨星的訪問，我想是在《滾石》雜誌上讀到的，就在九一一攻擊之後。那位歌手談論著，面對雙子星高樓及煙霧瀰漫的照片所帶來的震撼，他和他的伴侶開始猛烈做愛，一連做了好幾個小時，他說。以性愛來面對恐懼，以創造的行動來抵擋破壞，宇宙間的力量，生存本能與死亡本能，之類的。

而如今我們就在這裡，瑪薇和我，困住了，分離了，同時外頭的世界不斷變得愈來愈黑暗。

襪子只是開始。米歇爾的占領行動將會多方進行，我早就知道會如此。

他很快就徵用了屋裡唯一一條乙太網路線，確保自己網路連線穩定。是為了網路課程，他說。然後他拿走了我的全罩式耳機。

入耳式的他戴一陣子就會不舒服了，瑪薇說，她站在他那邊。

公寓裡唯一的陽臺成了他的休息室，每天都會在欄杆上排列起白色的菸屁股，我把這些掃進垃圾桶之前總忍不住數數。我提醒他說風會把菸屁股吹到樓下的陽台，他跟我說這種事不可能發生。

最後，他問我可不可以用我的書房。我還沒來得及想出一個合理的拒絕藉口，他又說：反正你晚上也不會工作。

那是封城後的第一個禮拜五。我慢慢嚼著嘴裡的雞肉。

你要用書房做什麼？

私人派對。

我完全不知道他在講什麼，但我沒說話，以免削弱自己的立場。

你那邊比較安靜，米歇爾又說。

我知道，所以那邊才是我的辦公室。

瑪薇看著我的眼神帶著失望，於是我站起來打開冰箱，也不是特別要找什麼，裡面有一手泰能超級啤酒，是他晚上的補給品。

私人派對，我喃喃說道。

稍後我調高了電視的音量，好蓋過米歇爾的笑聲還有從他筆電喇叭大聲播送的音樂，他玩得愈是高興，我的心情就愈低落。

妳聽著他的派對都不會覺得不舒服嗎？我對瑪薇說。

他只是跟朋友發洩一下情緒，他們都離他那麼遠，他想念他們。

他可以安靜發洩。我差一點就要這樣說。

不過我其實說的是：他讓我想起那些晚上，我待在車上等他從夜店裡出來。

因為突然間，我和瑪薇和米歇爾憶起度過的這些年就只剩下這些：無盡的等待。在夜店前或者停車場裡等待，在一片寂靜的臥室裡等待；等著他成年，這樣我和瑪薇就能終於以夫妻的身分開始生活；等著變老，這樣我們又能成為年少的戀人。這一切的發生怎麼會倒著來？就在我們以前自己等到了，怎麼最後又回到第一步了？我讓自己沉溺於自憐自艾這波令人感到慰藉的浪潮中。

可能也就四次，瑪薇說。

我把音量又調大了點。

不對，我喃喃說，比四次還多得多。

隔天早上，我仔細檢查書桌的白色桌面，空啤酒罐留下的琥珀色圈圈依然清晰可見。我從櫃子裡拿出清潔抹布，動作刻意誇張，確定瑪薇能看到我。

他一點都沒變，她嘆了口氣說道，我會告訴他不能再用你的書房了。

當然不行，我回答，他只是要跟朋友發洩一下情緒。

我書房裡又舉辦了九次星期五的私人派對，一樣的白天、一樣的晚上，就這樣又過了九個禮拜。這是我和瑪薇沒有做愛維持最久的一次，甚至連試都沒試過。我們一直沒談論這件事，如果要談，我們就會說服對方是現在的情況不理想，然後我們又會因為說謊而感覺更糟。

我躺在床上，這是第七十一天晚上，我看著她山脊般的背部，想像著自己的《滾石》訪問：

你如何因應疫情？

不動。

等到封城解除，你要做的第一件事是什麼？

去看男性泌尿科醫生。

我時不時就會聽見米歇爾有如男中音的笑聲。他很快就會搬回去米蘭度過下個階段，城市裡突然間就安全了嗎？不是，不過他解釋了，幾乎有點罪惡感，說他已經不習慣我們三個人一起住這麼久。我看著這個地方，不再有他的存在，看著自己躺在床上同樣的位置，等待著那種鬆了一口氣的感覺，卻一直等不到。我的感覺是不安，每分每秒都愈來愈強烈。

確診人數在下降。我已經看見附近商家在清掃店面，準備營業。我身邊四周，一種生活恢復正常的興奮感正嗡嗡作響，在我卻躺在床上，祈禱著染病確診人數能再爆增，希望封城永遠不要解除，希望疫情能夠持續到永遠的永遠，米歇爾永遠不要回去米蘭，希望他能每天晚上都熬夜，坐在我的書桌前舉行線上電音派對。若不是這樣的話，我和瑪薇就得問我們自己是怎麼了，為什麼上次做愛的感覺會這麼糟，而且之後就沒再做過了？為什麼面對恐懼時我們沒有做愛？

窗戶是開著的，可是我突然發現自己喘不過氣來。我拉開被單坐起身。

睡不著嗎？瑪薇的聲音從她躺在床上的遙遠那一側傳過來。

我口渴。

我走到廚房，米歇爾也在，直接挖著桶裝冰淇淋在吃。我拿了玻璃杯裝滿水，坐在他前面。

不辦私人派對嗎？我問。

沒興趣。

一如往常，他沒有等一下讓冰淇淋稍微融化，而是拿著湯匙用力往桶子裡戳。我剛想告訴他這樣會把金屬湯匙弄彎，而且他現在用起IKEA湯匙倒是毫不抱怨，但我決定保持沉默。

我認識了一個女孩，他說，我們另外開了私人的房間，她想要……對啊，但我不想要。

他沒有看著我，如果他有就會看到我臉上的困惑，並不是針對這場對話，而是在此刻之前，我從來沒想過在這樣的情況下還有可能認識朋友，畢竟現在是封城期間，他辦的是線上私人派對，更不用說想跟人做愛。但是，從他說話的樣子，再加上他二十二歲那種天真的一派開朗，感覺卻是無比自然。

我喜歡她，心裡又有一點複雜，他繼續說，隔著螢幕讓我很渴望這種事情，各有所好嘛，你知道。

他沒有等我回答，而是將冰淇淋往我的方向推。

你可以吃完，他說。是鹽味焦糖，要我說的話這個口味最好吃。

我盯著那支沾滿冰淇淋和口水的湯匙，傳染風險極高，我想要站起來去拿一支新的，不過米歇爾正一臉無辜地看著我，於是我拿了湯匙放到嘴邊，一次、再一次。

你都會把邊邊吃乾淨喔？他指出，他說我從來不管，直接從中間挖。

他離開之後，我把冰淇淋吃完，反正剩下的也不多了。然後我回到床上。

怎麼去了那麼久？瑪薇問。

沒事，吃了點冰淇淋。

我抬起手摸著她山脊般的背，摩擦著中間那塊地方，就在她胸部那道柔軟皺痕底下。

很癢，她說。

想要我停下嗎？

不要。

義賊

米亞・科托

（原文為葡萄牙文，由大衛・布魯克蕭〔David Brookshaw〕翻譯為英文）

有人敲門，對，「敲門」只是一種說法。我住的地方離誰都很遠，只有戰爭和饑荒會來探望我，如今在又是一個午後的永恆中，有人用腳炮擊著我的門。我跑了過去，對，「跑」也是一種說法。我拖著腳步，鞋子在木頭地板上嘎拉作響，在我這樣的年紀，最快也只能這樣了。人哪，要是看著地上看到的是一道深淵，就是開始老了。

我打開門，是個戴著面罩的人，注意到我出現之後大叫起來：

「一・五公尺，保持一・五公尺！」

如果他是來搶劫的，他也嚇壞了，他的恐懼讓我不安，害怕的搶匪是最危險的。他從口袋裡掏出一把槍指著我，那武器看起來很可笑：是白色塑膠做的，還發出綠光。他舉槍對準我的臉，我閉上眼睛乖乖配合。那道光打在我臉上幾乎像是安撫一樣，像這樣死去就代表上帝回應了我的祈禱。

戴面罩的男人說話輕柔，看起來也和藹可親，不過我可不會讓自己受騙：最心狠手辣的士兵總是帶著天使一般的姿態接近我。但是我已經太久沒有人陪伴了，於是乾脆配合他的遊戲。

我請訪客放下手槍，請他坐在我唯一剩下的一張椅子上。這個時候我才注意到，他的鞋子也包覆在某種塑膠袋裡，他的意圖很明顯：他不想留下腳印。我請他拿下面罩，並向他保證他可以信任我。那男人悲傷地微笑著並低語說：這段日子以來，誰都不能信任誰，人們不知道別人身上帶著什麼。我知道他這晦澀難解的話中是什麼意思，這人認為雖然我看起來衣衫襤褸，但這裡卻藏著無價寶藏。

他環顧四周，發現沒什麼可偷的時候才終於說明自己的來意，他說他是衛生局的人，我微微笑著，這搶匪還年輕，不知道怎麼說謊。他告訴我他的主管很擔心，因為有嚴重的疾病就像野火一樣快速傳播開來，我假裝相信他。我得過天花差點就死了，有人來看過我嗎？我的妻子因為結核病而死，有人來看過我們嗎？瘧疾帶走了我兒子，是我親手埋葬了他。我的鄰居得了愛滋病去世，沒有人想來多問一句。我的亡妻曾經說這是我們的錯，因為我們選擇要住在離醫院這麼遠的地方，這可憐的人，她不知道情況正好相反，是醫院蓋得離窮人太遠了。醫院就是這樣，我不怪他們，我就和他們一樣，我是說醫院，我自己包藏著、照料著自己的疾病。

這個滿口謊言的搶匪還不放棄，他修正了自己的方法，不過還是很拙劣。他想要合理化自己的行為：他指著我的那把槍是要測量我有沒有發燒，他說我沒事，說這話的同時還揚起愚蠢的笑容。接著我假裝吐了一口氣，似乎是放心了的樣子。他想要知道我有沒有咳嗽，我冷冷微笑著，打從我二十年前從礦坑裡回來，咳嗽差點讓我進了墳墓，自那時起，我的肋骨幾乎沒移動過，如今胸膛裡只是塞滿了塵土與石頭，哪天我又咳嗽了，就會是想要在天堂大門吸引聖彼得的注意。

「我覺得你看起來不像是生病了。」冒牌貨宣布道，「不過你可能是無症狀帶原者。」

「帶原者？」我問，「帶什麼東西？老天在上，你可以搜我的房子，我這人很正直，幾乎都沒離開過家裡。」

訪客微笑了，問我識不識字。我聳聳肩，然後他在桌上放了一份文件，上面有指示說明如何保持衛生，還有一個放了好幾塊肥皂的盒子，再加上一個小瓶子，他說這是「酒精溶液」。可憐的傢伙，他一定以為我是個酒鬼，就像所有孤單老人一樣。入侵者準備離開時他說：

「一週內我還會過來看你。」

到了這個時候，我終於理解訪客口中談論的這種疾病叫什麼，我很了解這種病，叫做漠不關心，要治療這種傳染病，他們恐怕需要整個世界那麼大的醫院。

我不顧他的指示，走向他給了他一個擁抱，那人激動反抗並且溜出我的懷抱。他回到車上，馬上開始脫外衣，他脫掉自己的衣服彷彿是要擺脫這場瘟疫本身的服裝，瘟疫的名字叫做貧窮。

我揮手道別並微笑。經過這麼多年的磨難，我與人性達成了和解：這麼笨手笨腳的搶匪一定是個好人。下禮拜他再回來，我就讓他偷走我臥房裡那臺舊電視。

同睡

烏佐丁瑪．伊維拉

我醒來的那天？明天，對，是星期三，感覺到身邊什麼都沒有，然後感受又迅速變化，先是背叛，接著是憤慨，顯然是名正言順。明天就會讓今天成為昨天，就只是又過了一天，不是那種會永遠記得的一天，不是永遠會烙印在我手指上的那特別的一天。或許一樣盛大、一樣明亮、一樣閃亮，也許是低調而優雅，也或者根本不會記在我的手指上。也許只是一個念頭，是安全感；只是一個念頭，是幸福；只是一個念頭，是愛；只是一個念頭，永遠，在這些時刻之前會一直銘記的念頭，那些過去的片刻，我們分享過的珍貴時刻，那些微笑、擁抱、親吻、雙雙對對，太多雙雙對對了。

明天我會在柔和的夏日陽光中翻身，感覺臉龐上的溫暖，感覺身體上的溫暖，感覺空調帶來的清涼而乾燥的氣流。明亮而乾淨的光線投映在你的空枕頭上，還能看見你的頭髮正在生長，就像黑色捲曲的小豆芽。因為壓力，你很快就會禿頭，但我告訴你，即使你頭髮都沒了我還是會愛你，愛到我不能再愛了。我會微笑著，不，是大笑著，全身躺平在你剛躺過、還有體溫的凹陷處，看看如果我躺在你剛剛待過的地方會不會變成你。沒那麼好的事，真不湊巧，我從來就不喜歡我們的床單，是你的床單，因為你一離開就會馬上變得冰冷。

我又會是一個人，只有我的想法，只有我的渴望，只有我的不安全感還有一整套憂愁思緒。我會想著，和好之後最深的關係也就到此為止，回到原本的現狀？你在天亮前就出門工作，只留下一絲存在的痕跡，就是我身邊的床鋪上逐漸消逝的熱度，而我又是獨自一人，思索著生活會不會更好，或許如果我們正式成為一對，得到州政府的許可，有了上帝或其他神祇的認同，生活會不會更好。沒錯，你和我合而為一；沒錯，似乎能正式完整了我。但是明天，恐怕就像今天，就像昨天，不會有這麼好的運氣，我會想著我從來就不喜歡我們的床單，是你的床單，因為顏色就像你醫院的制服一樣是綠色的，提醒了我，對你而言工作就是活著，而活著就是要受苦，還有一整套憂愁思緒。

我會起床感受陽光照耀著我的胸部，感受陽光照耀著我的腹部，感受陽光照耀著我雙腿間仔細修整過的三角地帶。在這道光芒下，我會想起前一晚錯過的機會，迅速變化的各種感受，先是淫欲，然後是渴望，你的身體、我的身體，你和我合而為一，沒錯，有那麼一刻，似乎正式完整了我。但那一切都會是昨天，明天會是今天，我會從床鋪走到廁所，想著我的生活就是各種噴發，或許這就是為什麼你無法與我結婚，我們太不相容了。

整個房間裡都是我噴發的東西，像是你牆上的畫作，有些是古老藝術的現代複製品、藝術家朋友給的原版作，我的衣服也扔到了各個家具上，老舊的棕色皮製安樂椅上掛著上衣、牛仔褲在床腳邊、內褲則在垃圾桶旁邊。這一切東西一路噴發進了廁所，還有那面充滿髒汙的黃銅框鏡子，是我找到的，你很討厭，我很喜歡，這面鏡子讓你覺得好像是距今七十年前的東西，而你成了一張擺在自己家裡破損了的黑鬼管家照片。沒那麼好的事，太好的事了。你從來就不喜歡我們的歷史，是我的歷史，因為歷史讓國王成為僕役，讓瘋子成為國王。

我會看著鏡子，我會想著自己已經厭倦聽你說想要換掉這面鏡子，然後我會看著鏡子，看著我自己，看著眼皮上細緻的紋路，看著眼角邊隱約浮現的魚尾紋，然後我會低頭看著肚臍凹陷前方那一塊沒有毛髮的肌膚，敏感到手指頭只要碰觸雙腿間那塊三角地帶上方就會發紅，然後我會把手掌貼在這塊地方，想像被踢了一下，想著，托比，我不會變得更年輕，我這樣喃喃自語道，這裡可沒有永遠這回事。

我會看著鏡子，我會想著你很快就能換掉這面鏡子。我會看著鏡子，看著自己白皙的臉，如今已經脹紅、淚流滿面、面容可憎，看著表皮底下爆裂的血管，想著，至少我有了顏色。然後我會看著自己白皙的臉，如今已經脹紅、淚流滿面、面容可憎，看著表皮底下爆裂的血管並想著，托比，我對你而言只是個白人嗎？

不順心的日子裡，總是不順心的多；順心的日子裡，偶爾才有。也有特別驚奇的時刻。

我會對自己說，你真是個可憐的東西，站在那裡一身赤裸，雙臂交叉在胸前抱著自己，看著自己就這樣看著自己猜想著，托比，我對你而言只是個白人嗎？我會說，好了，艾敘莉，穿上衣服吧，妳不能再這樣下去。這樣是怎樣，我會問。就像這樣，我會說，癱瘓自己，把人生搞得像齣戲一樣。如果妳愛他就不要離開他，而如果這次妳離開他，就別再理會他。天涯何處無芳草。我會坐在床上你躺過的地方，想著不會再有另一個你。我會說，可是我很怕，聲音得再高個八度才會被聽見。

我會沖個澡，水從我的頭髮滴到地板上、滴到床上、灑過了整片地毯，一路滴到更衣間，這座桃花心木衣櫃是你父親的母親送給你母親，而我希望你的母親有一天會送給我。沒那麼好的事，真不湊巧。我會喃喃說，我從來就不喜歡我們的床單，是你的床單。我會喃喃說，打破這個循環吧，這裡有太多歷史了。

那會是明天的事，不過今晚，儘管響著警鳴聲、直升機來去的隆隆聲，還有激烈的吟唱聲，不過有一片刻，你規律地呼吸著，我的呼吸則噴發著。你壓在我身上。你的身體貼在我身邊。汗水的味道、性愛的味道，還有一切感受，你的皮膚嵌在我指甲底下，你的手圈著我的脖子。托比，停，我告訴你，停下。怎麼了？你問我，為什麼？

因為現在我們之間卡著個東西。

托比，你老實回答我，我說。托比，你有沒有想過要跟我結婚？你的回應是沉默，你沒發出一點聲音，只有灼熱的呼吸還有我們之間卡著的東西。托比，我說。我問托比，我對你而言只是個白人嗎？沉默。變換位置，你縮起雙腳，蜷縮起來。

我想起不順心的日子，想起順心的日子，我想著也有些驚奇的時刻。我想著眼淚、想著微笑，想著愛以及愛所應該帶來的生活。但那一切都在未來，在過去一切都是不一樣的，我想。

•

既然這樣，我說，如妳所願，我們睡吧。

妳掛斷了，我也掛斷了，發現自己又是一個人。我伸手枕著頭，倒向那床曾經因妳的身體而溫暖又亂糟糟的床單，曾經因為妳而糾結成一團，完全不在床單該在的位置上，如此一片狼藉，我下巴下方的結、雙腿間的隆起，現在都平了，無可誘人也無人受誘。我在妳的位置放了一顆枕頭，用床單把枕頭包起來，想著，如果這個躺在你原本的位置，至少我可以夢到這是妳。我沒有夢到，陽光溫暖了我的眼皮讓我看見明亮的橘色，我醒來想著，喔靠，我遲到了，完蛋了。

我伸腿跳下床踩著地板，沒有踩到書、鞋子、內衣褲、衣服或筆，再一次，我很慶幸自己沒有弄壞東西、沒有翻倒東西，我的手機上不會顯示出任何因妳存在而難受的訊息。我應該要快樂，但是在這個空間裡，少了妳的東西讓我想起自己在妳睡覺時俯身看著妳，看著妳短淺又快速的呼吸讓嘴脣無法閉緊。如此神祕、如此神奇的妳，我的愛、我的生命，我會怎麼想，妳真的是我的愛、我的生命嗎？不過，這也不是很容易回答。

我快速刷了牙，吐出的白色泡沫巴在排水口旁邊卻不願意流掉，我打開水龍頭，白色泡沫還在原地。我拉開排水口的蓋子，尾端掛著妳的頭髮，溼答答的又糾結成團，拖慢了我一天的進展。我打了個顫，把整坨東西都扔進垃圾桶裡。然後我洗了臉，在妳的鏡子裡檢視自己的不完美，接著快步走出前門。

想像一下我發現妳坐在走廊上時有多驚訝。我不想吵醒你，妳說。我再次看著妳，轉向了門又回到妳所在的地方，妳的手臂放在膝上，眼睛、鼻孔、嘴唇都大大寫著無聲的懇求。妳扯出可怕的淺淺微笑。

妳向我伸出雙手，我也從走廊的另一頭向妳伸出雙手，穿過了空氣中陽光照耀出的灰塵粒子舞出的緩慢氣旋。妳的白色雙手，我的黑色雙手，先是兩雙手的碰觸接著形成擁抱。我感覺到妳的氣息噴在我身上，而我想著，既是愛情、安慰、欲望或者以上皆是，同時妳的肚皮碰觸到我的，我們親吻時，能嘗到妳前一天的味道。我不在乎，無法在乎。妳推著我回到公寓裡，妳抬手摸著我的臉、捧著我的雙頰，妳說，我想要你，托比。我感覺到妳的手觸碰著我的胸膛、肚子，然後繼續往下，引誘著、愛撫著，我想妳還站在地板上就脫光了衣服，我也站在地板上就脫光了衣服，我們同是赤裸的。這一輪猛攻讓我無法招架，困惑不已，我對妳說，停，艾敘莉，停下。怎麼了？妳問我，為什麼？

因為只要我們之間有卡著什麼東西，妳總會消失不見。

因為我上班已經遲到了，我說。

是喔，妳說，托比，是我啊，艾敘莉，你的女朋友，之後和將來都是，神祕的、神奇的我，是你的愛、你的生命，昨晚你還求著我回頭的。你看到我不開心嗎？

看到妳開心嗎？在這個當下，我說開心，我也相信自己的話。我很開心看到妳，當然開心，再也不想回到這個沒有妳的家，卻又到處都充滿著妳，妳的頭髮落在我旁邊的枕頭上，纏在我的頭髮和梳子上；洗臉檯邊擺著妳的體香劑、乳液、香水，還有一整套薰衣草香味的東西。看到妳開心嗎？當然開心，因為有妳在、妳不在，對我來說都太多了，太完美了，有時候正是我所希望的樣子，但也太荒謬。

我只是很驚訝，沒想到妳會來，我說。但是我來啦，妳說。妳壓著我的身體逼近，我們一同撞上了外套衣櫃的門。妳的手指滑下我的胸膛，低聲說，我會在這裡等你回家，我愛你。

我說，我也愛妳，艾敘莉。

我在醫院無法專心，但大家都以為我的煩惱是這段期間承擔了太多責任與複雜，主治醫師有著一頭棕色鬈髮，垂下幾綹白髮覆蓋著他的眼鏡，他伸手搭著我的肩膀，在比較平靜的時刻說，這情況不會永遠下去，這一切終將過去，他說，有人的地方就有希望。我想要相信他，但是腦海中總不斷想起妳而分心。

我回到家時看見妳在黑暗中坐在床邊盯著推開的窗外。我得先沖澡，我說。妳沒說話。我從浴室出來，腰間圍著毛巾，水順著背後脊椎那段難以觸摸到的地方滑下，妳問，你有聽見他們大叫嗎？我把妳從床上拉起來親吻妳，手沿著妳白色的長腿往上，皮膚白皙到能夠看到底下藍色的血管就像閃電一樣往四面八方延展，我打了個顫，是因為興奮，還是因為嫌惡？我掀起妳的背心露出凹陷的肚臍，露出妳的胸罩在胸部下方留下的紅色印痕，還有乳頭周圍的小斑點。妳伸腳把內褲往垃圾桶的方向一踢，將我拉近，現在，我規律地呼吸著，妳的呼吸則噴發著，此時妳告訴我，停，妳說，停下。

怎麼了，我問妳，為什麼？

妳的回應是沉默，妳沒發出一點聲音，而我想，是因為現在我們之間卡著個東西。現在我們像這樣躺著，面對面，妳知道我很興奮，我也知道我很興奮，妳不願意做愛，我則不願意抗拒渴望——我們兩人都盯著黑暗，任由世界燃燒。我想著，忘掉愛情、忘掉熱情、忘掉床頭吵床尾和，還有一切親密的事物。於是我想，如妳所願，我們睡吧。

托比，你老實回答我，妳說，你有沒有想過跟我結婚？然後妳低聲說，我對你而言只是個白人嗎？

妳總是問這樣的問題，因為妳覺得答案很簡單，我可以先說對，然後又說不對，然後我會學著用愛克服我們之間千年的仇恨與其他困難。

曾經，像我們做這樣的事會讓妳坐牢，我也會坐牢；曾經，他們會把我吊在樹上，割開我的陰囊，讓重力取下我的睪丸。

但是那一切都過去了，我想；在未來，一切都會不一樣，我想。

地窖

迪娜・納耶利

「這不算什麼。」卡姆蘭在巴黎即將封城的前一晚說。

席拉原本低頭看著他們走路的影子，抬起頭來說：「我不想讓警察看什麼文件。」她瞥了努欣一眼，悄聲說：「他們都很年輕……這些拿著槍的男孩根本連槍都舉不好。」

卡姆蘭提醒著，歷史已經訓練過他們如何面對封城、饑荒以及濫權的警察。不管有沒有疫情，他們仍然在休假，他們會享受在這座新城市裡的時光，只是少在餐廳裡吃幾餐；他們會把窗臺的天竺葵養活，把房東那堆發霉的被單拿出去曬一曬。「看看那片天空，就像熟透了的葡萄柚，什麼都不能毀掉那樣的天空。」

「接下來還有什麼……服裝儀容規定？聽穆拉的話？婦女受檢？」席拉喃喃低語，想起了過去所受到的屈辱，讓她得謊報生日，門牌號碼也要少寫一碼。

「爹地，」努欣說，四歲的她才剛懂得保持警覺，「如果我們不出門會脫皮！」

每日公布的死亡人數讓卡姆蘭和席拉想起了八〇年代戰亂中的德黑蘭，當時他們還算不上成人，口袋裡還會因為裝了酸豆而黏手，不過他們會表現出嚴肅的樣子，每天晚上收聽BBC播報的死傷人數，就像大人一樣。伊斯蘭共和國的新聞實在太常說謊，卡姆蘭和席拉已經懶得去怪罪或者相信，只是等著他們各自的父親將廣播轉到BBC，努力不要將眼神飄移到彼此身上。

兩人私底下也各自懷疑過新冠肺炎的數據，沉溺於想像力的短暫作用，他們認為這都是革命以及童年經歷戰亂的錯。卡姆蘭開玩笑說現代的伊朗人很幸運，因為他們能夠再一次假造死亡人數來讓自己高興。但是每天晚上，他們還是乖乖提醒對方，BBC知道真相。

他們取笑著因為義大利麵和麵包而驚慌失措的朋友。「菜鳥。」卡姆蘭說，「要是糧食得靠配給，他們都要得動脈瘤了。」卡姆蘭記得，戰爭剛發生時有一次，他的父親出門買牛奶，結果回家時帶著三把蒼蠅拍、一罐驅蚊劑、一把鏟子和魚鉤，因為商店老闆趁機把這些東西包在一起賣。

「我懷念那段日子，」席拉嘆口氣說，然後發現自己的失言，「我是說，不是……」

「我也是。」卡姆蘭說，然後又遲疑了，「有一個完工的地下室，」他說，「還有地窨。」
他微笑著，卑鄙又具暗示性的笑容，那是經歷過另一段人生的卡姆蘭。這樣的提議讓她心裡直打鼓，一切似乎都變快了。

有好幾天的時間，他們盡力在努欣面前擺出適應良好的樣子，卻也不斷跌入錯綜複雜的回憶中。他們搭起用毯子做的要塞、為疲累的勞工鼓掌、為自己飽受磨難的國家落淚，席拉想像著這些長著毒牙的邪惡小球正不斷刺穿自己母親體內的細胞，就讓她難受不已，她母親被困在德黑蘭的公寓裡，只能靠鄰居幫忙，她可能因此而失去媽媽。

他們為了暫時抽離而瀏覽著書櫃，堆積如山的老舊經典書本讓公寓裡吱嘎作響，有波蘭文也有法文的書，有米沃什和辛波絲卡的詩集、有布魯諾．舒茲、西蒙．韋伊的作品，還有種類多到令人咋舌的軍事策略、中醫以及地圖歷史等書籍。他們在書本中揮霍著大把時光，不得不承認一個事實，在紐約經過了好幾年瘋狂進行學術研究的日子以後，他們確實想要這樣。這股新的壓力既讓他們煩惱也感到興奮，就像幾十年前一樣，他們一直帶著這樣的壓力，就像被抓到的魚一樣脆弱而鮮活，捱過如今他們新發現的乏味。

一天早上，席拉正以手指撫過一本閃閃發亮的黑色繪本，想要讀懂童話場景上方金色的連體字，這時煮蛋計時器響了。她把這本書從一整套童書中抽出來，帶著放到餐桌上。卡姆蘭走進來的時候，努欣已經讀第一章讀得入迷了，「所以她這個年紀看《花木蘭》還太小，不過古代的法國色情文學就可以嗎？」

席拉把書從女兒眼前抽走。在《情欲五感》的書名標題下畫著一個女孩躺在草地上，臉蛋像是白雪公主，一頭怪異的鬈髮，拉起了襯裙，同時某隻像是潘神的生物正一臉愉悅，拿著裝飾華麗的羽毛仔細伺候著女孩。席拉看著脹紅了臉，蛋黃流到了她手上，就這樣盯了良久。

「公主的肚子痛嗎？」努欣說，伸長了脖子想看清楚。

卡姆蘭翻到內封。「一九八八年，法國人出版這本書的時候，穆拉還在跟我們說地震時萬一跌倒壓到姑母身上是合乎伊斯蘭教法的。」革命之後，電視上開始有傳教的人教導人民如何實際實踐伊斯蘭教法，講解得詳盡到有點詭異（幾乎是太親切了）。他們建議說，走進蹲式廁所的時候要左腳先踏入，這樣萬一心臟病發作時才不會掉進洞裡。「我們對自己的設備所知甚少，記得嗎？」

下午他們在走廊上撞到彼此身上。席拉還是有點尷尬便挪開了眼神，但他將她拉近，溫暖的臉頰貼著她的臉頰，「妳已經有十天沒出門了，」他的悄悄話穿透她的頭髮，

「會脫皮的。」她還沒來得及回味這般自己已經遺忘的親密感，兩人就受到熱辣辣的斥責，「不行！」憤怒的聲音來自努欣，她站在廁所門口氣得鼻孔噴氣又瞪大眼睛，內褲還掛在腳踝上，她則拉著自己的裙子。

「你不可以親她！」她說，嘴唇顫抖著，眼裡也都是淚水，「她不是公主。」她小小的胸膛劇烈起伏，就像是受了驚嚇，她低聲說了兩次：「跟我說對不起。」

席拉想著她才剛開始培養自尊的概念，便衝過去拉起女兒的內褲。「在家裡還待不到兩個禮拜，」她低聲說，「我們已經完全搞砸了她的性觀念。」

「我們的父母也搞砸了我們的。」卡姆蘭抱起他們的女兒時說。

努欣有沒有看過他們做愛？席拉實在羞得問不出口。他們陪伴在彼此身邊努力打拚已經好多年了，各有各的工作、學位和朋友，結婚之後接著又有了努欣，性愛就悄悄消失了。沒有了壓迫者或者具體的磨難，似乎也失去了革命般的熱情。

那天晚上他們把努欣哄睡了，卡姆蘭轉身面對席拉說：「想要接著講上一次的故事嗎？」她說：「我覺得我的故事不適合現在。」她一整天都只想要自己靜靜坐一會兒，想著十五歲的自己待在防空洞裡。

不過卡姆蘭卻想起了那一天，他們十三歲的時候，他們在德黑蘭的街上散步，一名加入了伊斯蘭革命衛隊的青少年衝著他們發飆罵了一個小時，卡姆蘭才說服他說他們是表親關係。兩人走路回家時差點哭出來，無法安慰彼此，卡姆蘭走在席拉前面幾步遠的地方，席拉則憤恨不已，氣這個是非顛倒的世界、自己必須穿戴的頭巾，也氣那個毛頭小子居然這樣教訓她，一副是她父親的樣子。然後他們站在大廳裡，看著彼此多有磨損的鞋子，此時轟炸警報聲響起，鄰居紛紛躲進地下室，一大群父母、名譽上的叔叔阿姨簇擁著他們，還有一個跛腳的老奶奶，兒子抱著她走下樓時還緊緊抓著外袍。

席拉吐出一口氣，「然後我們找到了地窖。」於是就這樣，親屬長輩的錯誤反應、身體要蜷縮著尋求庇護時做了糟糕的選擇，這一切就在死亡與哀悼的時刻醒轉過來。他親吻她的手掌，「待在家裡，明天我幫妳買維他命D。」

•

「你還記得那些會布置防空洞的老太太嗎？」她問，想像著自己腳下的地下室：法國的地下室聞起來會像糖以及燒火保暖的土地，就像家鄉的那些一樣嗎？或者裡面滿是蜘蛛網和乾硬的鞋印？「你還記得那些樓梯嗎？」每一階上都擺著一罐醃製蔬菜，有胖有瘦的玻璃罐，先覆上一塊布再旋緊蓋子，排著隊伍就像等待自己上場的阿拉伯王子。

「我想念那些奶奶。老天在上，就算正在打仗，我們也絕不能沒有醃黃瓜。」

「我要在封城時把眉毛留長，這樣比較好修剪。」席拉說。

「妳的眉毛很漂亮。」卡姆蘭說，他雙手捧著她的臉頰，拇指摩擦著，就像在擦防曬乳一樣。

「你還記得我為了騙過爸爸，一次只能拔掉三根嗎？」好人家的女孩在婚禮之前都不會拔掉身體上一根毛，於是席拉便和母親共謀，不讓公寓裡眾多警覺心強的父兄注意到她日漸稀疏的眉毛。如果臉上一次就少了一大條黑色，就連最笨的男人也知道怎麼回事；但如果毛髮是慢慢一根根掉落，我們想怎麼說就怎麼說。我們還可以給謠言起個頭：可憐的女孩得了甲狀腺機能低下症。

喔，媽媽，請妳再忍耐一下……相信數字……留在家裡。

「上一次，在地窖之後，」席拉說，「我父母對我吼了三個小時。」

「我一直擔心我會被送去當兵。」卡姆蘭說。

他們怎麼會彼此斷了消息這麼久？「沒有戰爭的人生。」卡姆蘭說。

「糟透了，」她說，「那不是我們。」

「我想或許是，我們天生就是要面對災難。」

他們兩人以前住的公寓大樓底下有一座巨大的地下防空洞連結起來，有兩組樓梯一同通往下面潮溼的洞穴中。環顧室內，十幾臺冰箱和冷凍庫之間塞著腳踏車，裡面存放著已經煮好的餐點和食材，堆滿了罐頭、米、麵粉和糖的架子顯得有些凹陷，一大罐、一大罐的醃製蔬菜上頭都貼了寫著家族稱呼的標籤，也擠滿了每臺冰箱上頭的空間。

戰爭一開始，各家的奶奶就陸續把椅子、枕頭、可鋪在地板上的鮮豔被單、柔軟的被毯與毛絨絨的毯子都搬了下去，還帶了煮茶用的大銅壺與杯盤，將防空洞裝潢成適合用餐或喝茶的地方、可以玩雙陸棋、可以抽根菸，這樣每一次警報響起就表示聚會開始了。在所有居民當中有五名青少年，包括席拉和卡姆蘭，他們兩人是最年輕也是最用功的，因此大人對他們的看管最鬆懈。第一次紅色警報時，家家戶戶一邊抽菸斗、喝茶，一邊煩惱，安排著枕頭的位置，對暖爐要擺哪裡發表意見，這兩人則發現了一條通往一處小地窖的隧道，地窖的牆壁以石頭砌成，裡面好幾個架子上擺著起司和乾貨、好幾袋切碎的藥草，還有一扇能關上的門，裡頭的空間正好足夠窩藏兩名纖瘦的小逃犯。

在那之後，每一次紅色警報響起都會讓他們回到那處地窖，趁著父親們在棋盤上捉對廝殺、奶奶們聊著兒童不宜的話題，還有一千杯茶之間的空檔，悄悄溜走。

「妳還記得是什麼救了我們嗎？」卡姆蘭問。

「費城。」美國的奶油乳酪很少見，就算有食物配給券，人們總是為此大打出手，跑到黑市想買一點。幾乎每個晚上，勇敢的父母出發前往尋找那特殊的乳酪，結果只是垂頭喪氣帶著一包英國的笑笑牛乳酪回來，或者更糟的可能是普通的伊朗菲達起司。卡姆蘭和席拉聽到母親鞋跟的喀拉喀拉聲走近，差點就來不及把席拉的裙子拉上去，急忙將她的胸罩（整件都是用棉布做成，自己假裝成胸罩來穿，沒有罩杯也沒有鋼絲）塞進卡姆蘭的口袋裡。他們梳整頭髮、站得離對方遠遠的，但還是被抓到兩人單獨待在一個房間裡。他們需要給自己想個罪名，很糟糕的，不過還沒有他們真正犯下的糟糕。於是，卡姆蘭從鄰居的貨架上拿了一包珍貴的費城奶油乳酪，撕開紙盒與鋁箔紙包裝，咬了一口滑順的乳白色塊，並丟給席拉。「天啊，這好好吃。」她喃喃說，這時兩個母親走了進來，扯開嗓子高聲叫罵著他們居然偷吃乳酪。

「這些孩子！唉呀呀！真像動物一樣。」兩個母親說。

整個晚上道歉聲不停。奶油乳酪的主人很好心，沒關係，他們只是孩子。卡姆蘭的父親願意拿出三倍價格的配給券與現金賠償，而他們把沒吃完的乳酪抹在餅乾上與眾人分享。野孩子。沒有人想過他們還有可能在那裡做什麼，於是他們一做再做，一直做到他們十四歲、然後十五歲，席拉的黑眉毛漸漸細緻、嘴唇豐滿起來，卡姆蘭的腿也變長了，各家母親開始羨慕這樣的兒子。那些年裡，沒有人教過他們關於性愛的事，媒體努力想將男孩的衝動轉向戰爭，捻熄他們對女孩內衣褲的興趣，但是年輕人偷偷找來了雜誌與照片，自己學習，就這樣城裡各地充滿奶油香味的地窖和儲藏室裡紛紛騷動起來、鏗鏘出聲，都是自學的青少年努力的結果。

每次響起紅色警報，各個家庭都吵鬧起來，趕緊衝進街道底下的地下室裡，席拉和卡姆蘭就一起跑進地窖。每次警報聲減弱了一點點，鄰居安心地鬆了口氣，兩人便捶著枕頭，懇求海珊那個渾蛋行行好，再拿一顆飛彈來威脅他們。他們等著紅色警報響起，直到恐懼和欲望融合成了一股奇異而無法想像的氛圍，不斷醞釀著，最後胸罩裡有了鋼絲，再也塞不進口袋裡，偷吃奶油乳酪成了偷抽菸，然後是偷喝奶奶的私釀酒或罌粟茶，最後再也找不到什麼藉口，因為這兩人實在太漂亮又太狡猾，看著彼此的樣子就像那一口年輕的乳白色牙齒，邊緣仍然像麵包刀一樣呈現鋸齒狀，很快就要咬進羔羊的小腿。

四月底，卡姆蘭找到自己很久以前買的伊朗導演基阿魯斯塔米作品的DVD，於是他們看了《櫻桃的滋味》。他問她為什麼討厭回憶過去，但是她明明也會夢遊舊地。

所以她告訴了他。那時候，席拉的母親已經有好幾個月都會仔細檢查她身體上的每根毛髮，她很後悔兩人合謀，她的父母把她拖到一位專科醫生的診所要縫回去，結果醫生建議他們等到要結婚之前再來動手術，這樣才不用做兩次，她們聽了才心軟放棄。「那一年我飽受羞辱，後來我們就離家上大學了。」

「對不起。」他說，握起她的手指，「實在不公平，他們逼妳承受那些蠢事。」

早上卡姆蘭要帶努欣去雜貨店，「爹地，我什麼都不會碰。」努欣發誓道。

席拉聽著BBC新聞，法國已經關閉邊境，現在這裡暫時就是他們的家了。歐洲各地的封城措施會延續到四月，甚至五月。他們從公寓的漂亮窗戶看過了外頭無數的葡萄柚色日落，沒有膠帶會阻擋他們的視野，很快，玻璃窗外的樹上就會冒出春天的綠葉。可是席拉不會再出門了，有很長一段時間都不會，只要外頭還遊蕩著那些法國革命衛兵，他們都還只是男孩，卻把玩著槍枝，吼著要人亮出證明文件。

她在地毯上坐了很久，想起那些把飛彈攻擊變成了派對的奶奶，藉此改變孩子的記憶。或許她們就是想要讓孩子準備好面對艱困生活與戰爭，搞亂他們的直覺反應，將情感與相反的情境連結起來。她的眉毛慢慢長回了少女時的濃密，她渴望著櫻桃的滋味，想聽童年時的歌曲，也想在一片混亂之中趁隙開心吃一頓。席拉從地上站起身來，打開衣櫃，她把房東那些發了霉的毯子都塞在這裡，空氣中瀰漫著毯子的臭味，那是來自另一個時代的輕蔑。她發了簡訊給卡姆蘭，帶著一堆枕頭、半瓶紅酒和餅乾、一本書，跑到地下室裡等著日光消失。

我弟弟的婚禮

萊拉・拉拉米

小姐，妳好像迷路了。妳在找美國領事館辦事處嗎？我看得出來，因為妳的帽子和背包，還有妳緊緊抓在胸前的文件。沒錯，在卡薩布蘭卡很容易遇到討厭的小賊，不過我向妳保證，機場裡非常安全，沒有人會拿走妳的文件。請坐，請坐，當然要保持距離，我們都知道規定。請自便，領事館人員還有幾個小時才會到，而且他們到了以後也要花一點時間布置桌椅，才能開始處理要離境的旅客。

我要等多久？很抱歉，恐怕要很久，這些返國班機只限公民搭乘，而如果還有空位才會讓居民上飛機，但顯然空位並不夠，至少過去兩個禮拜都沒有，每次我去詢問時都得到一樣的回覆：「抱歉，本撒伊德小姐，班機客滿了。」我想過要去丹吉爾的機場碰碰運氣，但是鐵路關閉了，而且在那裡等候的人可能比這裡還多。領事館人員一直叫我應該要有耐心，下一次運氣會比較好。

問題是，三月的時候我就是運氣好才會來這裡。通常我都是夏天才來探望家人，因為那段時間我不用教書，可是今年稍早的時候，我弟弟說他要結婚了，第四次了，妳能想像嗎？他把婚禮恰恰就安排在我的春假中間，因為他算好了我會馬上說自己要上課而拒絕參加。即使如此，我告訴他我不能參加，因為我已經安排好要跟賞鳥團體的朋友去德州，可是他總是有辦法挑起我的罪惡感，說起我們的媽媽看到我會有多興奮、她這些年的狀況是如何、我應該把握每一個能夠陪伴她的機會，我實在不能拒絕。

不過我還是很失望自己的計畫被打斷，所以我安排了一趟到默哈澤加國家公園的小旅行，從這裡往北只有兩百二十五公里。妳有去過嗎？喔，妳以後一定要去看看，那裡是一片潮間潟湖，事實上還是拉姆薩溼地保育公約指定的保護區，居住在那裡的鳥類種類多到讓人目不暇給。我想要去看水鳥和沼澤貓頭鷹，要是運氣好的話還能看到紅鶴和雲石斑鴨，牠們每年這個時候的遷徙都會經過這裡。

當然，在那之前我還得捱過那場婚禮。不是說我不想看到自己的弟弟快樂，妳知道嗎，只是他對女人的眼光很差，她們都是年輕無知、非常崇拜他。婚禮自然是一場奢華的宴會，總會讓他的岳父岳母揹上債務，婚禮上他會站在新婚妻子身邊，一副在拍時尚雜誌的照片一樣，我的角色就是土氣的姊姊，站在照片背景稍稍偏離焦點的地方，好讓家族照能完整。

我經常扮演這個角色，熟練到我一到婚禮現場就準備好姿勢了。這一次邀請了一百名賓客，以我弟弟的標準來看算是不太多，不過打個招呼問候一輪、認識新朋友、互相恭喜並祝福彼此，也要花很長時間。新娘的父母滿肚子問題，親家公問：「妳住在加州？」

「對，」我說，「在柏克萊。」

「那妳是教什麼的？」

「電腦科學。」我母親幫我回答，我想這是她自豪的一點，因為原本我說我想當畫家，她覺得那樣不切實際。

親家公的眼睛瞪大，然後一陣悉悉簌簌就將這個消息傳遍了站在附近的叔叔阿姨表親們。加州欸，有人輕聲說，柏克萊。不過新娘卻不置可否，她瞅著我的眼神帶著無比的惋惜，「妳一定很辛苦。」她說。她的聲音很刺耳，我弟弟站在她身邊也點頭表示同意。

「妳的意思是？」我問。

「住得那麼遠。」

「住在哪裡都會很辛苦。」等妳跟我親愛的弟弟同住之後再說吧，我想，我們再來看看誰覺得人生很辛苦。

不過她的注意力已經落到其他地方，「攝影師來了。」她說。

我們準備好拍照，包括新娘、新郎以及他們的家人朋友組成不同的排列組合。雖然我穿著無袖禮服，而不是厚重的長袍，但還是開始覺得全身潮熱。我在皮包裡翻找著賀爾蒙藥，這時新娘示意我站到鏡頭範圍之外，「現在我們拍一張只有摩洛哥人的。」

妳能相信嗎？我正想說些重話，我弟弟卻介入說，他的新婚妻子沒有惡意，只是我的禮服顏色跟她的長袍撞色了，他把我拉回鏡頭範圍內，亮出自己雪白牙齒的笑容讓攝影師拍照。不過我覺得他不是很在意她的話，他內心深處也很討厭我，因為我十八歲就離家，而他還是一直住在我們長大的那個家裡照顧我們的母親。如果他和我一樣保持單身，或許我們之間的相處就會不一樣，而不是每過幾年就要換老婆。

發生了這一段騷動，我就忘記吃藥了。在攝影師的燈光下多待了幾分鐘，我一陣頭暈目眩就往前倒，抓住了新娘的裙擺穩住自己，昏倒前最後聽到的聲音就是衣服布料落到地上的聲響。

隔天我正準備出發前往默哈澤加（Merja Zerga），想到可以搭船遊潟湖就覺得超級興奮，這時我收到消息說摩洛哥要關閉邊境。我衝到這裡想在出境班機上找一個位置，但是到目前為止的運氣都不好。說人人到，領事館人員來了，我認得那個穿著藍襯衫的年輕人，他兩天前也在這裡。他已經往這個方向來了，一定是注意到妳手裡拿著藍色封面的護照。去吧，或許我會在另一邊見到妳。

死亡的時間，時間的死亡

朱利安・傅克斯

就這樣，在日出的第一道光線直到正午的燦爛陽光之間某個無法定義的時刻，時間不再有意義。沒有號角齊鳴、沒有噪音聲響、沒有敲鑼打鼓來宣告如此特異的事件發生。你或許想像的是時鐘癱瘓、日曆混亂，白天與黑夜攪和在一起，將天空染成灰色，但完全不是如此。失去意義的時間是集體發生的事件，卻也是私密無比的事件，引發了無比麻木、無比淡漠，還有一種特殊而嚴重的沮喪。

不存在的時間能夠如何影響家家戶戶、如何影響受拘禁在一個無限長小時內的每個人，實在很難細數各種結果。有些人加快步調來完成自己細瑣的工作，以自動化的動作來掩蓋沉默，不停洗手、著了魔似地清潔客廳、廚房與浴室；其他人則無法阻止麻木感侵占自己的身體，依然攤平在沙發上，懶散而無所作為，同時又隱約注意著總是一成不變的新聞，注意全部以數學組成的悲劇。時間還是留下了一點遺跡，或許仍有可能計算，不是以幾分鐘、幾小時、幾天的單位，而是在電視畫面圖表上的死亡人數累計。

我從窗戶觀察著一切，目光在鄰近的公寓間梭巡，不想讓自己注意到自己夾在眼前這片風景當中的人生。就在時間死去的那一刻，如果我記得沒錯，我正躺在吊床上盯著眼前除了空蕩蕩的街道之外什麼也沒有的風景，在那一刻我覺得自己從這一條街閒晃到下一條街，就在這樣的無關緊要中一成不變，慢慢變胖。當下這一刻膨脹了，就像魁梧的身形變得超級胖，胖到模糊了過去，也遮蔽住放眼未來的完整視野。即使是最近這幾天，如此滿溢著自由與純真的大晴天，如今似乎也只存在遙遠的回憶中，載滿了懷念的哀愁，處在即將旺季的邊緣。至於未來實在充滿太多不確定性，乾脆自己一筆勾銷，讓我可能還在籌備的什麼計畫、還貪圖著的什麼愛戀、還想要撰寫的什麼書，都顯得愚蠢。我了解了，時間的癱瘓是馬上就占據了家家戶戶、每個人的身體，宣判一切都要停止運作，包括腿腳、手臂、手掌，和存在。

那一天，或者是其他某天，巴西統計有一千零一人死亡，我想這個數字的象徵多少造成了時間的失能，奪走了時鐘上吞噬生命的指針，消耗了計算的最終單位。一千零一人死亡就像是一千零一夜，那是一千人死亡再加一人，是無限大的死亡再加一，就等於無限大的死亡。在無止盡的那一刻，所有人口都發現到在死亡的無常本質中也有可能體驗到生命，無須經歷痛苦與不幸才發現自己處於時間之外，光是眼前即將發生的痛苦與不幸便足矣，人人都能感受到這股迫切感，感受也變得與個人無關，如此便足夠讓時序崩壞。

然後再也無法計算什麼，一切都只是困惑、恐懼與無趣，我注意到沒過多久就出現了那些投機分子，那些人想要在時間不存在之際重造過往。即使所有事情都一點一滴同化成了單一個時刻，報紙上最常出現的那幾張臉卻開始出現邪惡的特徵，聲音變得深沉，表情逐漸愈來愈像是從別的時代冒出來的：在他們的西裝底下透出了制服的線條，鞋子的陰影中露出軍靴的形狀，而他們手中的筆也長得如警棍一般。

聽他們說話比起檢視他們的手勢與衣服更讓人絕望，他們的聲明只是呼應著其他聲明，不過更加古怪、更加殘暴，一開始先輕蔑報告出死亡人數與防疫措施，提出違反科學研究的論點，鼓吹人民使用能夠消滅傳染病的特效藥，接著強調無論結果如何都必須回到工作崗位，表達他們渴望人民從事生產、打算削減薪資、砍伐森林，藉此清理出能夠成長的土地；最後的高潮總是結束在壓迫任何起而反抗他們的聲音，直接抨擊批評他們、與他們政治立場不同的人，亟欲打垮政敵，說他們所有人都是共產黨、恐怖分子、意圖顛覆政府的人。

等他們安靜下來，出現了某個更甚於沉默的東西。那一天，或者其他某天，我突然開始出現幽閉恐懼症、無法壓抑自己想要逃脫的欲望，我想要離開這個我封閉自己的公寓、離開我毫無反抗、不知不覺便投入其中的集體慣性。我記得自己快步走在街道上，我的腳步似乎生出了秒數，恢復了時間的脈動；我記得自己在空無一人的街道上感受到幾分敵意，發現幾處拉長的陰影暗示著不祥，彷彿在某個轉角就會跳出黑暗而古老的怪物攻擊我。但是，我還是渴望能見到某人的臉，某張不是我的臉，誰都可以，某個我不認識的人、陌生人，一張脫下口罩或者不是躲在窗戶後面的人臉就足夠了。

我最後抵達了父母家，我並不感到意外，雖然這不是我有意識的情況下會選擇的目的地。我拉起外套袖子包住手指按電鈴，又後退了幾步以保持建議的安全距離。我父母不慌不忙走了出來，兩人手臂下都夾著一張摺疊椅，在前院裡擺放好，離人行道還有幾公尺的距離。他們的動作帶著一種寧靜，幾乎是平和，彷彿這次見面完全不是意外。儘管如今是這樣溫和的人，他們過去也曾是異議分子，曾經意欲顛覆政府，還是起身反抗過往時代獨裁者的地下軍隊；不過他們現在是更容易遭受疾病侵襲的一群，而他們仍抵抗著，冷靜存活下來，無視於我的恐懼。

我不記得我們聊什麼了，不過他們在我眼前所形成的畫面卻成了鮮明的記憶，他們蒼白的臉上有數十年歲月留下的皺褶，背景是我童年時的家，數年來樂得不多打理的牆面多有髒汙，我們一起種下的樹也長得高過了屋頂，多年前種樹的那一天如今成為當下。時間在這座房子裡活著，光只是在這裡就足以讓我感覺到時間還會持續走下去，會有一連串數不清的事件發生，時間將抹除我的父母，也將抹除我，而時間還會沿著這棵樹一直走，穿過廣場、越過整座城市，一邊走一邊留下整個未來。這樣的想法或許有些令人頭暈目眩、有些可怕，但是不知怎地，在那一刻，時間的確切存在只讓我感覺到平靜。

謹慎的女孩

瑞佛斯．索羅門

反正在封城以前潔露莎也不知道人還可以去哪裡，除了保齡球館（現在小潔也不能去了，因為老闆拿到了賣啤酒的許可），如果想做些什麼，在德州的卡多也沒什麼可做。

在碼頭上有HEB超市、喬安百貨、汽車代理商賣場還有好必來文具雜貨，走到銜接道路上有奇利斯餐廳、羅莎莉塔餐廳還有最佳西部酒店；走在商店街上，勞倫斯．泰特就是在這裡被警察開槍打死，他陳屍的地方還放著小熊和氣球，那裡有一家沃爾瑪超市、羅斯百貨和一家星巴克咖啡，從那裡繼續往前走就會看到賣槍的地方和靶場。至於圖書館，小潔從來不會去，因為負責坐在櫃檯的女人不讓黑人或墨西哥人一次借兩本以上的書，雖然官方規定的上限是十本，「別想要借這麼多，多借了你也看不完，要是最後逾期，你又付不出罰款。先從兩本開始，證明你可以準時還回來。」

離城鎮地界約八公里遠的卡多溪女子監獄不算是城鎮範圍內的建築，真是可惜，因為小潔的母親就關在這裡，她的十三年刑期已經服刑九年，這是方圓內唯一還值得在乎的地方，等到小潔把那女人救出來，卡多就連這點好處也都沒有了。

廣播電臺KBCY的新聞主播在第四頻道上認真解釋隔離措施，不過沒有人會真的覺得自己失去了很多。

「潔露莎，寶貝，關掉吧，吵死人了。」瑞塔姨婆坐在餐桌前喊著，一邊玩每日尋字遊戲，一邊等著一個小時內就會播出的《馬西斯法官》。「我就不明白這些人為什麼覺得這些措施很重要，上帝會決定人類的命運，要是我看到艾伯特州長在新聞現場直播上懺悔，那我或許還會聽聽他要說什麼。什麼都阻止不了世界末日。」

但是箴言二十二章第三節說，精明的人見到危險便會躲藏起來，愚蠢的人才會一直向前，而他將為此遭受懲罰。難道瑞塔阿姨不擔心大家染上病毒死亡嗎？查爾斯舅舅得了慢性阻塞性肺病，威瑪姨婆有紅斑性狼瘡和糖尿病，瑞塔姨婆自己也得洗腎。

最重要的是，小潔的媽媽還困在擁擠的監獄裡，沒有口罩也沒有乾洗手，這樣已經夠糟了，更別提她還有哮喘、肝炎和愛滋病。

瑞塔姨婆希望她的外甥女死掉嗎？或許吧，小潔的媽媽是個叛教者，這對瑞塔姨婆來說比死了還糟糕。

小潔是個聰明而謹慎的女孩，從來不會大聲說出這樣的想法。她就像箴言裡稱頌的那些精明的人，要躲避的危險就是她的姨婆，懂得在可能傷害自己的人面前隱藏起來，這樣的女孩在這世上會更自由，比起不多思考就在敵人面前張揚著自己所謂自由的女孩要好。

「我叫妳關掉，潔露莎。」

小潔按下靜音，打開原本關閉的字幕功能。瑞塔姨婆太專注玩自己的解謎遊戲，不會注意到其實電視沒有關掉。

「妳覺得我明天還可以去探望媽媽嗎？」潔露莎問。

瑞塔姨婆悶哼一聲，聽起來既不像知道什麼也不像敷衍，她小口喝著馬克杯裡的薄荷茶，眼睛直盯著尋字遊戲，正進入了自我時間模式，這個時候的她根本懶得理會她口中小潔的蠢事。

「我可以上網查。」潔露莎表示，這是在玩火，但她是故意為之，要是她都不說或不做瑞塔姨婆不喜歡的事情，這女人就會覺得她在隱瞞什麼。再說，表現出比姨婆高出一等的樣子，會讓她有種使命感，沒道理不讓她這麼做，很快，就連這樣的小小幸事她也享受不了了。

瑞塔姨婆拿著鋼珠筆在桌子上敲打著皺起眉頭，「沒必要用到網路吧，」她說，「我明天早上就打申訴專線去問，看看還讓不讓人探監。」

她的瑞塔姨婆才不會做這種事，不過沒關係，因為小潔也不打算明天搭公車去見她媽媽，到那時候，她們兩人早就走遠了。

卡多溪女子監獄的典獄長麥可．皮爾斯往他妻子的腦袋重重一擊將她打死，這時候他根本不知道會有人看見。他的女兒都待在祖父母的小木屋裡，而他的狗沙丘則待在屋子後頭。這不是預謀的暴力犯案，不過就像所有人在犯下禁忌罪行之前一樣，他也估算過自己被抓到的可能性。因為隔離的關係，麥可的妻子就算失蹤好幾週以上也不會有人發現，讓他有足夠時間計劃出能夠完全掩蓋犯案的方法，他想，他意外犯下了完美的謀殺案。

皮爾斯典獄長的妻子在十四個月前交給他三份保母候選人的檔案夾，這樣她就可以開始去上夜校，如果這個男人的判斷力更精明一點，或許他就會認真看待這些檔案，那麼他就會確認小潔提供的推薦人，進而發現她根本沒有推薦人，並不是因為她沒辦法找到優秀的推薦人，是因為她不希望客戶發現她會根據客戶的背景判斷自己能拿多少酬勞，而對不同的人開不同的價；那麼他就會改選擇潔西．泰勒或者依莎貝兒．愛默森，因為這兩人都不會在客戶指控她們偷竊之後就在客戶家裡裝隱藏攝影機。

不過，麥可的妻子將她小心整理在厚紙製文件夾的檔案交給他時，他正在看ESPN頻道上轉播的撲克牌比賽，他調大了音量說：「隨便啦，老婆，等這個結束後再問我可以嗎？」

他的妻子選擇的女孩謠傳是個耶和華見證人教派的孩子，她聽說那是個邪教，而她一直都幻想著自己能夠幫助這個女孩逃跑，就像她在電視上看過人們拯救年輕的摩門教女孩脫離一夫多妻制的婚姻。

而且讓她的女兒跟打扮如此樸素的女孩相處些時間也有好處，不要那種露奶又露大腿的鬼扯打扮。不行，體面、得體的衣服穿在體面、得體的女孩身上。

如果麥可還算個好人，或許在這個保母在他家裡工作的一年多期間，他會跟她交談一、兩次，若是他跟她談過，或許她對他會比較心軟而對整件事情更留些情面，但是他沒有。他甚至不知道她的名字，這典獄長想著，聽起來好像是《聖經》裡的名字吧，他對她大多的印象就是那個黑人女孩。

就是這件事讓他和妻子開始爭吵。老早在封城之前，潔露莎便過來拿最後一次薪水，她離開之後，典獄長半開玩笑地問他妻子：「為什麼她們的屁股和奶子看起來都像跳脫衣舞的？她幾歲啊，十五？十六？太不正常了。」他搖著頭，彷彿是在說這世界都變成什麼樣子了，看看，是怎麼變成這樣的？卡多以前不是這樣。

「你不應該說那種話，麥可，她們也沒辦法。」他妻子說，她總有話要說。

「我只是，難道妳相信那套什麼好女孩信基督的話嗎？」他問。他看過潔露莎看著他，沒錯，他也會看著她，沒錯，他看見了她身體移動時明確散發出那種引誘的姿態。

「好吧，如果你想要雇用別人，那你當初就該看看那些檔案。如果你要的話我就開除她。」

「我沒有說妳要開除她，不要這麼誇張。妳說什麼檔案？妳到底是在說什麼？」

她搖搖頭：「檔案夾，麥可。」

他的妻子一直都很嫉妒，說他從來不注意自己，但問題是如果她能說些有趣的事，那他就會注意聽啦。

接著後來她又指責他想跟那女孩上床，實在太荒謬了，ㄏㄨㄤˋ ㄇㄧㄡˋ，是她自己整個人貼上來，要是他真的做了，沒錯，他也承認他做了，不過那不是想不想的問題，只是無意識的受到引誘。

他妻子推了他一把，罵他是變態，這話本身就是言語暴力。

勒索就像監獄系統本身，不流一點血是逃不出去的。若是有個陌生人匿名寄了一段影片給你，影片內容就是你謀殺了自己的妻子，好吧，除了答應這個陌生人的要求也沒有其他辦法了。

但是有限度的。皮爾斯典獄長會安排讓羅雪兒．海斯逃走，不過他會跟著她，直到勒索他的人現身，然後他會親手了結。

•

小潔在餐桌上擺了酷愛飲料、鮭魚可樂餅、速成的馬鈴薯泥、青豆和牛角麵包。

「哇，看看哪。」瑞塔姨婆說。

「還有多的，我冰起來了。」

「這幾個禮拜妳煮飯煮得很勤快啊，後面那個冷凍庫都快爆開了。病毒就讓妳這麼害怕？」瑞塔姨婆說。

小潔拿了一捲廚房紙巾放在桌子中央，她說：「我不是怕，耶和華會讓虔誠的人衣食無虞，和平的日子就要來了。」

「阿門。妳今晚要說禱詞嗎，還是我來？」

小潔坐在姨婆對面，這是兩人一起吃的最後一頓晚餐。「我來。」她說，瑞塔姨婆的禱詞很容易就拖拖拉拉。「耶和華，感謝祢賜與我們眼前的豐盛，請祢保佑我們的身體康健，我們以耶穌之名祈禱，阿門。」

「阿門。」

小潔把今晚的晚餐打包了兩份放在冰箱裡冷藏，晚上要帶走，那是她母親在將近十年來第一次嘗到真正的食物，另外還有堅果、水果、瓶裝水、餅乾、麵包，還有幾包調味鮪魚。商店裡都空了，不過小潔身為耶和華見證人，表示她永遠都會發現自己準備好了。

「妳今天晚上很安靜。」瑞塔姨婆說。

小潔往自己盤子上舀了第二份馬鈴薯泥，「只是在想事情。」

「想什麼？」

「世界末日。」小潔說，指的是她在這裡和瑞塔姨婆的生活就要結束。「我媽媽說我出生的時候就是她自己的末日來臨，但是那樣很好，她說我是她離開耶和華的原因。」

瑞塔姨婆的刀子往她盤子上一敲，「可恥。」

小潔的媽媽拍了一張照片，是女兒出生後她把頭髮剃了個精光，她告訴小潔自己壓抑不住想把頭髮全剃光的衝動，也許是因為賀爾蒙，但是看到小潔出生，她知道自己若想開始新生活，就要先摧毀舊的。羅雪兒和丈夫離婚，離開了耶和華見證人，成為女同性戀；小潔的父親找上門討女兒的時候，她一槍打中了他的心臟。

有時候殺人是必須的，讓自己抓著舊有的人生苟延殘喘並不聰明。一個人必須把這些事情想清楚，必須展開新生活，無論會不會有死亡出現。

晚餐過後，小潔趁著瑞塔姨婆在客廳看益智遊戲節目《Jeopardy!》，最後一次檢查包包，她帶了十件內褲、五件胸罩、五件襯衣、三件上衣和三條裙子、十四雙襪子、牙膏、牙刷、牙籤、漱口水、體香劑、她的《聖經》、出生證明，還有一把槍。

她拉著行李箱沿著華瑞茲街走，然後走上碼頭，經過一處以前是遊戲驛站的店面，不過已經用木板釘起來有四年了。她經過了杜威・詹姆斯的紀念長椅，這是幾位黑人母親集資設置的，以紀念在一九八〇年代被幾個白人青少年開著小貨車拖行致死的男人。

整座城鎮都在崩解當中，黃色、棕色的雜草從瀝青中冒出來，牆上油漆斑駁。卡多小學關閉之前，學生就已經搬進拖車住，因為主要的建築物遭到黴菌肆虐。標示著兜售土地的告示牌從十二月就開始脫皮，現在只能看到電話號碼的最後兩碼。

這樣醜陋的地方也有美好之處，因為只要知道這地方已經無法養活人口，很容易就能離開。

瑞塔姨婆早上發現自己的外甥孫女不見之後，她會想著兩人是不是有什麼她不知道的紛爭，但是小潔和她的姨婆對於一件基本事情卻有相同共識，那就是她們身邊的一切都必須崩壞，只有願意付出代價才能迎接新世界的到來。

小潔的媽媽按照電話中的指示在水塔處與她碰面。「妳一路用走的過來嗎？」這女人問。

這有十四．五公里遠，不過小潔穿了耐走的鞋子。「他跟著妳嗎？」

「就跟妳說的一樣，跟來了。那裡，看見了嗎？他關掉燈了。」她低聲說，指著路上前方約九公尺遠的地方。有的人就是不懂得見好就收，明明只要死一個人就好。在灰濛濛的三月朦朧的黑夜裡，他不會看見她靠近。

小潔的手按在手槍上走向他，會對她做那種事的男人是不會變的。今晚要拯救的人不是她媽媽，而是她自己。

就像精明的人一樣，她躲避著敵人的視線，側著身子接近然後開槍。小潔精心策劃了自己的世界末日，她很喜歡。

起源故事

馬修・貝克

在物資有限及絕望之中會有偉大的崛起！正如十九世紀的路易斯安那州，戰爭時期的貨運封鎖；再如二十世紀的日本，毀滅性的經濟蕭條時期；或者在這裡，二十一世紀的底特律，正值全球傳染病疫情肆虐期間，在一棟占居的粉紅色房子裡。想起來很令人吃驚，畢竟這幾個月來這間房子裡發生了各種誇張情節，後來都因為那一件事情而相形失色。

「我有大發現。」貝芙莉宣布，穿著粉紅色睡袍出現在通往客廳的走道上。

因為封城，全家人都在那裡，包括她的孩子、孫子、曾孫，還有某個從斯堪地那維亞來的交換學生。貝芙莉所住的房子是最小的，但是她封城之後就哪裡也不去，於是家人只好過來找她，窩在沙發和躺椅上以及客房裡的空床，地下室裡也有充氣床墊。貝芙莉是個高齡九十的寡婦，高中畢業，雖然她脾氣暴躁又愛講八卦，說故事時經常加油添醋，加了很多顯然是胡謅的聳動細節，不過全家人都很愛她。每個人都是，只有愛莉除外。愛莉戴著鼻環又有刺青，今年剛上大學，雖然她小時候跟貝芙莉還是互相喜愛的，只是隨著愛莉年紀漸長，兩人間的關係就變質了，她和貝芙莉有好多年都不太說話了。或許正是因為她們兩人過去是如此親密，家族聚會時總黏在一起，其他家人才會覺得兩人的矛盾很棘手。封城期間，兩人結的怨只是愈來愈嚴重，畢竟現在兩個人不得不在醒著的每一刻都一起度過，要共用廚房、洗衣機，還有馬桶很難搞的廁所。愛莉似乎對冰淇淋的問題特別在意，冰箱的空間有限，超市也常常有商品短缺的麻煩，為了讓物資能夠持久，貝芙莉訂定出嚴格的配給制度，每天分配的冰淇淋非常少：家裡的人每天晚上只能吃一球。若不是這樣，那麼冰淇淋馬上就會吃光，那就完全沒有冰淇淋了，因此家裡其他人都認為雖然很悲傷，但這確實是最好的方法。有一個禮拜的每天晚上，全家人一起坐在客廳裡，一邊帶著一種受剝奪感一邊吃著每人一球的冰淇淋，不過愛莉，對，尤其是她，常大聲抱怨這個情況讓她有多心煩。而現在全家人看著貝芙莉站在走廊上，手裡拿著一個碗。

「是有什麼鬼發現？」愛莉說。

「大發明。」貝芙莉說。

碗裡放著一球冰淇淋上頭撒著碎冰，底下還墊著一堆碎冰。貝芙莉解釋說自己把冰箱裡的冰塊放在塑膠袋裡，然後拿橡膠槌敲打冰塊就這樣做出碎冰，她說，這東西會改變一切。

「拜託，妳是在開玩笑吧。」愛莉說。

「現在我們每個人都可以吃滿滿一碗了。」貝芙莉說。

「沒有人想要吃加水沖淡的冰淇淋。」愛莉一臉嫌惡地說。

「我很樂意試試看。」交換學生說。

「我稱之為冰冰淇淋。」貝芙莉說。

「冰冰淇淋。」交換學生帶著一種大開眼界的感覺覆述一次。

「這大概是妳可以取的名稱裡面最蠢的。」愛莉說。

「其實我花了不少時間思考要叫什麼。」貝芙莉說。

「講兩個『冰』很多餘。」愛莉說。

其實家裡大多數的人從來就不記得交換學生的名字叫什麼，可是他說重複「冰」這個字或許在句法學上有很重要的用處，畢竟英語中雖然稱之為冰淇淋，但內容物基本上並沒有冰，藉此展現出他對英語語言的熟稔。

「我這輩子沒有這麼討厭過一樣東西。」愛莉說。

那天晚上，貝芙莉為每個人都做了一碗冰冰淇淋，在廚房裡忙進忙出，雖然家裡沒有人喜歡吃加水沖淡的冰淇淋，卻也無法否認碗裡多點東西還是很吸引人。封城剩餘的日子裡，全家人每天晚上都在客廳裡一起吃冰冰淇淋，每次湯匙一舀都很仔細分配一點冰淇淋、一點碎冰。只有愛莉拒絕，連試都不願意試，而是每天晚上都吃冰淇淋，碗裡除了一球冰淇淋什麼都沒有。她吃完之後就固執地盯著地毯，等著家裡其他人吃完，細細品味每一口。

「你們知道嗎，這件事還是有點好處。」某天晚上貝芙莉吞下一口冰冰淇淋之後，過了一會兒就若有所思說道。

坐在客廳另一頭的愛莉不屑地悶哼一聲。

封城解除後的一個月，貝芙莉在睡夢中去世，而且過了幾十年後，這家人才知道了菊苣咖啡和玄米茶的故事。十九世紀時的路易斯安那州，在貨運遭到封鎖期間被迫配給物資，大家便開始在咖啡裡添加菊苣根做為添補，不過到了戰爭結束以後，州民都已經喜歡上這種飲料的味道，因此直至今日菊苣咖啡在當地依然很受歡迎；二十世紀的日本，在經濟蕭條期間被迫配給物資，人們便開始在茶裡添加炒焙過的米做為添補，不過到了國內經濟恢復以後，人民都已經喜歡上這種飲料的味道，因此直至今日玄米茶在當地依然很受歡迎。家裡甚至都沒有人嘗過菊苣咖啡或玄米茶，但是他們卻開始感覺到自己與這些事件有強烈的連結，因為相同的情況也出現在冰冰淇淋上，即使是在疫情過後，全家人還是繼續吃著冰冰淇淋，一開始只是偶爾為了懷念而吃，後來就變成慣例，最後令人驚訝的是全家人居然還比較喜歡這樣吃，他們愛上了冰淇淋中碎冰塊那種奇妙的堅硬口感、碎冰摻和在冰淇淋中的感覺居然滑順無比，在燈光下，碎冰還會讓融化的冰淇淋綻放出美麗光芒。到最後，家人便把這項創新吃法介紹給朋友、同事與同學，進而甚至連根本不認識的陌生人都知道了。某年夏天，一家開在老家附近的咖啡店把冰冰淇淋加進了菜單，隔年夏天，河邊就出現了賣冰冰淇淋的小販。地方新聞節目做了一則報導，訪問第一次嘗試冰冰淇淋的觀光客；報紙上的一篇報導也寫著市長將冰冰淇淋稱為文化之寶。全家人看著這一切，心中滿是讚嘆，貝芙莉活了九十年，老實說，在她生命的最後十年中，家人開始認為她就是個老古董，就連她自己說起話來也是這樣，彷彿她已經經歷過人生中所有重大事件了，但就是在這個時候，在她人生的盡頭，穿著粉紅色拖鞋和同色系的睡袍，助聽器還老是因為電量不足而嗶嗶叫，她就這樣在屋子裡來來去去，卻成就了一件讓人永遠記得她的大事，創造了一波風潮。

不過這整起事件中最令人意外的其實是發生在全家人就要離開這個家之前，封城解除的那一天，貝芙莉逼她的曾孫女愛莉坐在廚房的椅子上，吃一碗冰冰淇淋之後才能離開。愛莉每吃一匙就痛苦地皺起眉，每吞下一口臉都皺成一團，在每一口之間評論著碎冰完全毀了冰淇淋，在烹飪史上從來沒有比這個更罪大惡極的發明，這整個概念完全可恨至極，天使大概正在天堂裡哭泣，還有喔，她還是覺得這個名稱有夠蠢。最後她把空碗放到一邊，看著曾祖母，曾祖母看著她的表情分不出是喜是怒。

「怎樣？」愛莉說。

貝芙莉突然開始大笑，把手放在額頭上，一副無法自拔的樣子，愛莉也一臉困惑地笑了。

「妳騙不了我。」貝芙莉說。

「我是認真的。」愛莉堅持道。

貝芙莉得往後靠在流理臺上穩住身體，她笑得非常用力，笑到肩膀都在抖動，而愛莉看著她這樣大笑也忍不住笑了，一開始還試圖不讓自己大笑出聲，因為努力想保持面無表情的樣子，嘴脣顫抖起來，最後終於把臉埋在手裡大笑出來。

「妳想出這個點子就只是想整我。」愛莉說。

「我只是想幫忙。」貝芙莉堅持道。

兩人似乎陷入了一個循環，貝芙莉笑得愈誇張，愛莉也會笑得愈誇張，一直到最後，廚房裡的兩個人都笑到彎下腰來，笑出眼淚。

「我們到底是在笑什麼?」貝芙莉說。

後來，兩個人都無法解釋到底什麼那麼好笑，不過在那一刻，兩人之間似乎解開了什麼，在出門之際，愛莉甚至讓貝芙莉擁抱她，最後一次。

長城行

艾希・埃度格恩

疫情爆發的四年前，我和第一任丈夫托馬斯一起去了北京西邊終年積雪的山丘一遊。他是來自祕魯利馬的裝置藝術家，當時正在忙的創作是一件十世紀的迴廊複製品。多年前，他開始著迷中世紀法國一位修女的故事，這位修女某天清晨醒來放聲尖叫而無法停歇，接下來的日子裡又有另一位修女和她發生一樣的事，然後又多一位，一直到整座修道院都迴盪著她們的叫喊，一直到當地的士兵威脅要打她們一頓，她們才安靜下來。我想吸引著托馬斯的是這些女人的人生當中，對於她們的命運並沒有什麼選擇，不想養或者養不起孩子的父母將這些女孩送進了修道院，而尖叫似乎是她們能夠做出的選擇。總之，他這件作品做得相當辛苦，在我們出遊的時候還覺得自己做不完了，我也認為他無法完成。在那個時候，他就已經有點不對勁。

不過我們出門到長城去觀光的那天早上，那幾個小時感覺非常充實而完美。我們已經有好幾個禮拜都常常在拌嘴，然而中國郊區帶來的新鮮感，再加上陌生的風景、天氣與食物，改變了我們之間的氣氛。我們抵達遊客入口時托馬斯咧嘴一笑，他的牙齒在窄窄的臉上看起來非常整齊而潔白。

石子路上兩旁的小販對我們叫賣，呼出的氣在空氣中凝成雲朵。一個女人朝著我們大叫，要我們買擦得晶亮的玉製紙鎮和閃閃發光的布製錢包、以紅線串起來的假錢幣，還有筆桿透明的筆，其中有小小的塑膠船隻漂浮在黏稠的液體上，彷彿在長江上巡航。寒風刺骨而醒腦，還有一種不會在城市裡聞到、幾乎像是青草的味道。

我們彎著身子坐進玻璃纜車車廂，可以帶我們到上方的路徑。纜車一路又搖又晃地越過了峽谷，從上方看下去，黑壓壓的樹木就像夜晚時的水面，我們緊張地笑了。接著，我們終於上去了，走在古老的石頭通道上，微弱的日光照在額頭上依然很冷，空氣隱約帶著金屬的味道。

「我們剛剛在那邊是不是應該買點東西？跟那個女人買？」我說，「可以送給我媽媽。」

「蓋柏瑞想要中國香菸。」托馬斯說，強風吹得他的深色眼眸直冒淚，「我不懂，好像抽外國的菸比較時尚一樣。」

「你對他太嚴苛了。」我說。

我不該說的，托馬斯瞥了我一眼，不發一語。這段日子以來他不太喜歡談論他哥哥，他們兩人從童年時間就埋下了淡淡的仇恨，即使我們結婚十年我還是不太明白。後來事情又變得更糟，我們從中國回來的兩年後發生了意外，托馬斯開車撞上自己的姪子，害死了那個只有三歲的孩子。那個時候我和托馬斯已經進入了沒有感情的階段，我還得透過共同的朋友才會知道這件事。這起死亡車禍成了無論如何都無法跨越的障礙，所有與之相關的人都會消失在遙遠的那一端，再也找不回來。

不過那一天，接下來的幾個小時中，我們眼前蜿蜒而去的石板路延伸進入一片遙遠的霧氣中，我們散步的那塊區域，有些石頭上有紫色斑紋，也有比較粗糙、比較白的石頭，還有泥灰色的石頭能夠讓你強烈感受到這些石頭有多麼古老、原始。雖然我們輕鬆談笑著，我還是能感覺到，我們兩人都能感覺到，我稍早的那句話所罩下的陰影。

霧變濃了，雪花開始落下。

似乎正是離開的好時機。我們沿著原路回到玻璃纜車的入口，不過卻找不到了。我們試了另一條路，最後卻是通往一處觀景臺。我們看著彼此，雪愈下愈大。

突然我們身後出現一個人影邁開步伐離開，托馬斯朝那人大叫，不過等我們追到轉角處卻看不見他。

天色漸暗，空氣瀰漫著強烈的土壤味道，我們走下一道崎嶇不平的階梯到了一處平臺，結果卻突然有欄杆擋住了去路。另一道階梯往下走則碰到了一堵堅實的牆。還有一條路似乎一直往前通往不知何方，於是我們不再跟著走。我的指尖開始因為寒冷而灼痛，我想像著此時此刻的北京，在我們旅館附近的街上燈火通明的餐廳，空氣中飄著油耗味、炸肉香還有陽光暖過的花香，花瓣落在人行道上就像淡色的蠟滴。

「我們掉進了艾雪的錯覺畫裡。」托馬斯大叫，帶著詭異的興奮感。

我也微笑了，但發著抖，風吹得我耳朵裡響著高頻尖銳的聲音。雪凝結在我的睫毛上，要眨眼也不容易。

這時出現了兩個深色頭髮的女人，腳邊放著一堆瓶瓶罐罐。很意外的是，托馬斯臉上居然有一點失望。我開始比手畫腳，解釋說我們迷路了。她們面無表情地聽著，沾溼的皺紋閃閃發光。接著其中一人轉向托馬斯，怯怯地用中文說話，她抬起年邁的手掃掉他頭髮上的冰片，他露出男孩般的笑容，相當開心。

第二個女人從腳邊的罐子裡拿出兩個保麗龍杯，裝著熱騰騰的茶。她是什麼時候倒好了茶？又是怎麼在這麼冷又這麼高的山丘上還保持水的熱度？我不知道，不過托馬斯態度恭敬而鄭重地接過茶，我則揮揮手表示不用。

兩個女人伸手指著身後，纜車就在那裡，玻璃車廂在開闊的黑色山谷中擺動，就像才剛裝上去的。

托馬斯發出震驚的聲音，我們走向纜車的時候，他嘖嘖稱奇地說起那女人的手掌摸在他頭上的感覺、令人驚訝的重量，還有她皮膚的粗糙感，不過開車回到北京的路上我們沒說什麼，經過那麼久的時間，不說話的感覺很奇怪。托馬斯在自己感到幸福的時候總是說個不停，可是現在似乎已經空了，就像有什麼慢慢被拉出他的身體。我們到了旅館，從他緊抿的嘴唇我看得出來，他還在糾結著某件我仍不太明白的事情。我溫柔拉起他的手，他也捏了捏我的手，似乎知道我們的人生會怎麼發展，彷彿已經開始崩壞了。在全世界各地，都有熄滅的燈光，即使在那個時刻亦然。

巴塞隆納：不設防城市

約翰・瑞伊

賽維在宵禁的第一天轉了運。他跟我說，他已經一個月沒有工作了，原本的工作是打電話給毫無防備心的婆婆媽媽推銷住宅保險，但他被開除了，在那之後他的人生差不多就是一直往谷底滑，而是封城改變了一切。一夜之間，大家不再問他找到新工作了沒、如果還沒是為什麼，還有他到底打算怎麼付下個月的房租？他們多多少少都自動把錯怪到「新肺炎」的頭上，讓賽維省了不少麻煩，不必再解釋自己被開除其實是因為上班遲到、打推銷電話的時候還滿嘴食物，以及對客戶說話時刻意裝出搞笑的聲音，藉此讓自己保持理智。突然間，那一切都不重要了，現在全市的人都被解雇了、全市的人都陷入了半瘋狂、全市的人都瘋狂地想要走出那該死的門，逆向走上蘭布拉大道，哀怨地瞪著黯淡的商店櫥窗，看著那些其實也不想買的東西。賽維的生活成了大家的生活。

最奇怪的是，即使封城了，賽維卻還是可以做上述這些事，都是因為有康泰莎和薛寶。隔離開始前，他每天在早上帶牠們出門一次、吃完晚餐後再一次，尤其是三歲大的拉薩犬薛寶，牠要是每天沒有到米羅公園的遛狗場跑個十五分鐘就會抓狂；不過最近一天變成三次、四次，有時候還到六次或七次。賽維認為這表示他的憂鬱症終於好了，而這當然也解釋了一部分，不過還有一個更加存在主義的原因。遛狗能夠讓賽維有一種玩弄制度的感覺，像是尼歐駭進了母體、像是對著眾神表現出輕蔑。封城過了八天，沒有通行證的行人就會遭到地方警察的盤查，更不用提自家鄰居也會嘮叨，但是狗兒，無論是大是小、雜種或純種，都能來去自如。賽維很快就發現了這個情況下的商機，儘管他的就業紀錄很悲慘，他卻總自認為是個創業家。

賽維隔天就放出了消息，一開始只是在他居住的公寓社區居民間口耳相傳，這棟位於歐利維拉街上的龐大建築從佛朗哥時期就存在，然後又傳到他的朋友以及住在附近的熟人耳中，那就是薛寶和康泰莎開放「短程旅行」，一次兩個小時起跳並酌收費用。他瞬間收到許多回覆，說實話，與他同住在這座城市裡的人熱切期待的程度讓他不勝其擾，他知道自己必須進行某種審查程序，畢竟他可不是站在街邊攬客的皮條。他深愛著自己的狗，不過話說回來，房租很要緊。

那天晚上他坐下來，拿著藍色鋼珠筆和一疊便利貼，開始擬定正式的規定。第一步是要先透過電子郵件或簡訊聯絡，至少有六次往來；第二步是至少三十分鐘的面對面訪談，可以在遛狗場或者賽維的客廳進行，如果薛寶顯露出遲疑，哪怕只有一點點，那麼交易就取消，絕無例外（康泰莎不用幾秒鐘就會跳上別人的大腿，真的是誰都可以，所以不能讓牠來判斷對方的性格）。

經過一番深思熟慮之後，他決定要制定更嚴格的條件，他不會讓在最近一次公投中投票給人民黨（Partido Popular）的人遛他的狗、抽菸的人不行、近視的或者有癲癇的不行，拄枴杖走路的人也不行。他提醒自己，他提供的可是寶貴的服務：讓正直、守法的市民能夠去探望自己的母親或女朋友、或者去投注站，他的狗可以運動，而他也能擺脫債務。整體說來，賽維認為這種商業模式非常創新、簡單，又符合社會良知。等到他開始審查第一位客戶的時候（薛寶不到五分鐘就拒絕了），他已經開始覺得自己就像帕洛森的伊隆．馬斯克。

第一天蜂擁上門的顧客只能用大雜燴來形容：一個看來信仰虔誠的男人，頭頂就像嘉布遣教會的僧侶一樣禿了一個完美的圓，稱自己需要去薩里亞探望有糖尿病的姑姑；一個中年發福的女人穿著網球鞋，跟他說她需要這些狗做為「超自然的支持力量」；然後又是那個僧侶一樣的男人，這次他懶得說理由了；最後是賽維以前工作時認識的朋友福斯托．蒙托亞，運用自己的自由時間去偷偷監視前女友。賽維拒絕了兩位候選人，一個是投票給人民黨（而且還抽菸），另一個則是把這場重挫全球經濟、奪走幾百條加泰隆尼亞人命的疾病名稱念成了「寇比」，而這個名字正好是一九九二年巴塞隆納奧運的吉祥物名字，賽維覺得自己把這個男人趕走的決定完全正確。

封城第十天，瑪莉歐娜走進了賽維的生活，這是他生意開張的第二天，這個時間他通常在抽第一根大麻菸。當時他正在結算僧侶男的帳款，這傢伙看起來完全打算一天來兩次，在接下來的疫情期間都會這樣準時光顧。此時她敲了公寓大門，賽維一開門，她沒有解釋來意就越過他走進門，彷彿兩人已經認識幾十年了。賽維一頭霧水，反正他正想要減少自己在晚餐前的大麻攝取量，已經努力一段時間了。他請她坐下，一部分是讓自己有時間觀察，一部分是因為她比他高了至少五公分，他已經覺得有點招架不住了。他拿了一個有點裂開的皇家馬德里足球隊杯子從水龍頭裝水給她，不過他其實超級討厭皇家馬德里，整場標準的訪問流程也進行地坑坑巴巴，覺得自己愈來愈不像什麼地方的伊隆．馬斯克。他開始懷疑自己才是接受審查的人，而不是眼前這個交疊著雙腳坐在他床墊上的女人。賽維腦中專門思考道德問題的區塊已經有點磨損，此時正開始隱隱活動：這是第一次，他也不知道究竟什麼原因，他思索著自己這門剛起步的創業生意會不會根本不是什麼值得驕傲的事情。瑪莉歐娜所說的話並沒有直接點出這個問題，她的基本模式只是打算讓賽維覺得自己很沒用，即使這門所謂的創業生意正式她處在這間房間的唯一原因，這也無法讓他能清楚思考道德問題。

「上次選舉妳投給誰？」

「這有什麼關係嗎？」

「其實沒什麼關係，我只是，妳知道，想要更深入……」

「人民團結候選人（CUP），」她淡淡地說，「我是金牛座、一分鐘能打五十個字，而且我對大蒜過敏。」

她的玩笑話讓賽維鬆了一口氣而笑了出來，當然她投給了人民團結候選人，這麼完美的人怎麼會投給別人呢？「人民有權。」他喃喃道，弱弱地握拳舉手，而他此時發現在他兩指關節間有一塊芥末醬的痕跡。「加泰隆尼亞歸加泰隆尼亞人——」

「新冠肺炎歸沒有人。」她咧開嘴笑了，「不過或許我的房東可以。」

「這話——說得真漂亮，我再同意不過了。」他吸了一口氣，「最後一個問題。」

「感謝上帝。」

「妳可以告訴我妳用牠們要做什麼嗎？」

她朝他眨眨眼，「什麼？」

賽維解釋了，自然還是帶著某種自重的心理，他想要知道每位可能的客戶要帶牠們出去的動機是什麼，當然純粹是為了牠的狗著想。

「我沒有動機。」瑪莉歐娜說。

「但妳一定有什麼理由——」

「我當然有理由，」她看著他的樣子似乎是覺得他可能有點遲鈍，「我喜歡狗。」

這話讓賽維閉上了嘴，他交給她兩副牽繩和公寓大樓的鑰匙卡，她便離開了。一直到她將薛寶和康泰莎帶回來，正好是兩個小時整，他才發現自己沒有要她的身分證。

若是希望瑪莉歐娜明天會再回來確實是奢求，就像那個僧侶男，只是聞起來比較香、看起來沒那麼虔誠，不過無論如何，賽維還是心灰意冷。除了專心工作，他也沒其他事情可做。開業第三天，也是封城第十一天，來了兩名青少女，自稱曾經在獸醫診所裡工作過卻不知道該怎麼扣上康泰莎的牽繩；賽維公寓大樓的管理員任由自己雜亂的鬍鬚亂長，看起來就像矮胖低配版的切．格瓦拉；至少還來了三名賣大麻的，他們全部都以商品付帳。僧侶男來了兩次，把二十歐元的費用裝在密封的藍色信封裡，聞起來有淡淡的玫瑰水味道，賽維毫無來中地感到極端惱怒。他問起他在薩里亞的糖尿病姑姑怎麼樣了，希望自己聽起來滿是刻意挖苦的嘲諷，不過僧侶男沒理會他。

一天過去了，兩天、四天、一個禮拜。康泰莎和薛寶的運動量沒有這麼充足過，而經過他澈底審查的客戶看來也對牠們很好。接著，封城進入第二十二天，他早已經放棄一切希望之後，瑪莉歐娜回來了。這次她戴著口罩，看起來是用睡衣做的，不過在那一片佩斯里花紋絲綢之上，她雙眼的眼神明顯比起上一次來訪的感覺友善許多，賽維一看到就知道那是因為經過數週痛苦的無聊折磨後產生的絕望所致。他主動跟著她一路走出去，甚至沒想過要找什麼藉口，她也沒出言反對。他們慢慢從蘭布拉大道一路漫步走到加泰隆尼亞廣場，瑪莉歐娜牽著康泰莎、賽維牽著薛寶，接著到了畫家佛坦尼廣場轉角一間釘起木板的小電器店，他們經過那附近的公共廁所時，賽維才發現自己打從疫情開始之際就沒有過的感覺：那種他知道未來會是如何的感覺。

她在龐培法布拉大學念研究所，正攻讀社區組織學位，賽維還不知道需要念這種學位。她在佩德拉爾卑斯長大，住在鎮上的豪宅區，不過那只是因為她父親是一位有錢老頭的園丁，那個老頭靠著遊走在法律邊緣的勾當賺錢，跟葡萄酒標籤有關。賽維記不得她的嘴唇長什麼形狀，不是很清楚，因為她堅持要戴著口罩也是很迷人，不過他沒有理由不相信應該很可愛。兩人這次外出的最高點，同時也是這段隔離戀情真正的起始點，是他們撞見某個人，正是僧侶男，他前進的方向絕對不是要去薩里亞那位可憐姑姑的公寓，而他正遛著一對完全不一樣的狗。

就在那一週，瑪莉歐娜開始在賽維的住處隔離，抽他的大麻，基本上是她在管理他的生意。賽維沒有反對，他告訴我，大概就是她說話而他努力跟上。她比他聰明太多了，至少也可以說是太高效率了。那段時間很神奇，就像你可以想像的樣子，不過也令人不安，因為這一切感覺太像做夢一樣、太不真實了，實在很難完全相信。不過話說回來，賽維提醒自己，這段時間的每件事感覺都是這樣，他所熟悉的生活，以及地球上其他所有人所熟悉的生活，已經換了一個樣子，似乎就在一夜之間，變成了近似於某種低俗的科幻小說版本，還有什麼是可以輕易就相信的？

賽維在五月時一場Zoom線上虛擬莫希托雞尾酒聚會告訴我這段故事，他稱之為個人的封城寓言。巴塞隆納已經解除封城，他又回到過去的自己：失業而憂愁，他抽菸時就是陷入了這樣的愁思，有點恍神到無法讓自己的寓言有個漂亮的結尾。跟瑪莉歐娜在一起「完滿結束了」，他解釋道，不過他毫無怨言，性愛很棒，他學到很多跟社區組織有關的知識，而且她真的非常喜歡他煮的菜。但是封城禁令終於解除之後，大家又能自由來去了，他的生意和戀情也就如煙消逝。他和瑪莉歐娜共同擁有了六個如夢似幻的禮拜，然後突然什麼都沒有了。這樣的事情天天在發生，尤其是在戰爭、瘟疫或饑荒的時候。不過，他們或許還有機會，賽維堅持，他們或許真的能建立真實的家、安定下來，甚至還能生幾個小孩，如果封城永遠都不會解除的話。

我們免費的四十分鐘快要結束了，我想利用剩下的一點時間鼓勵一下可憐的賽維，讓他振作起來。你永遠不知道會發生什麼事，我提醒他，巴塞隆納又是個不設防的城市了，未來會是如何，誰又說得準呢？

「我一直在想這個，」賽維說，心情稍微好了一點，「你發邀請來的時候我在看新聞，接下來的秋天可能會有第二波疫情⋯⋯」

一件事

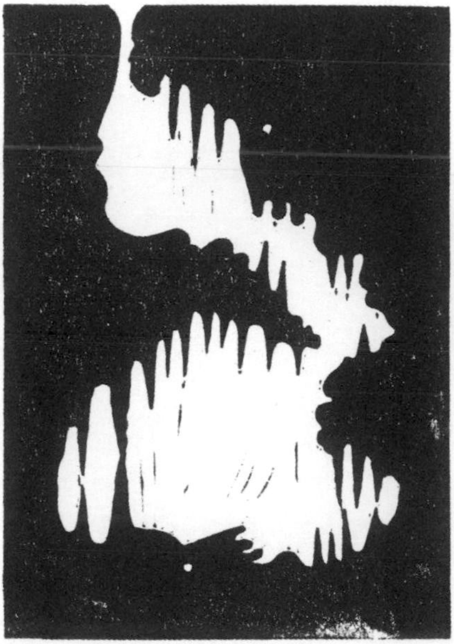

艾德維琪・丹提卡特

她夢見了他最著迷的洞穴、岩石和礦物，在夢中他告訴她，碰觸從洞穴地上冒出的那些柱子，可能會讓石筍死亡。她笑了，告訴他或許這就是為什麼人不再住在洞穴裡。他糾正她，說：「或許在布魯克林的人不會，不過其他地方的人還會，因為天氣因素，或許是在颶風肆虐期間或之後，又或者是戰爭時期，人們躲在洞穴裡，或是尋求庇護。」

他讓她知道，自己非常想去看看那些美到令人屏息（不過他已經不會用這個形容詞了）、他或許會說是美到令人欽羨的百萬年洞穴，那些洞穴中有綿延數公里的坑道、峽谷和深井，甚至還有瀑布，大理石拱門、透石膏、冰珠或螢火蟲迸發出各種色彩，如此驚人的洞穴，光是這樣的美景就足以灼燒你的瞳孔。

他再也不能這樣說話了：每說一個字都能全身震動、振奮地舉起拳頭、頭不斷左右搖擺，就好像他在中學的低年級與高年級教授地球與環境科學時，一直努力想要燃燒起教室裡所有人的熱情。在家裡，即使是在他病症變得明顯之前，他的句子就愈來愈短而急促，他說話開始像是自己某些初來乍到的表親，以不熟悉的語言簡短說話，而他們從出生就開始聆聽的語言則慢慢流失。

今年夏天，他們原本計劃要到他們父母的出生地造訪當地的石窟及洞穴，就在海地南方她母親出生的城鎮附近。

「其中一個洞穴跟妳同名。」他說，此時的他們決定將婚禮的登記送禮訂為募集這趟蜜月旅行的基金，這座洞穴就和她一樣，是以身兼護理師和士兵的瑪麗－珍妮．拉馬蒂尼耶爾命名，她在海地革命期間扮成男人，與她的丈夫並肩對抗法國殖民地軍隊。

「我要打扮成誰的樣子，才能夠看到你、為你作戰、與你相伴？」她現在問他，「我必須當個醫生或牧師嗎？一直都不信神的你還會願意見牧師，以免你醒來的時候要求改信宗教嗎？」

回想起他急促的呼吸讓她驚醒。將最近讓她恐懼的事情排起先後順序，現在她最害怕的不是他的安靜、或者呼吸器喘氣的節奏，因為那已經持續好幾個小時了，而是換班之後，有人拿起放在他耳邊的電話說話。電話另一頭是個疲累的女性聲音，她想像她在阿卡貝拉合唱團中應該會是女中音，因為她的聲調起伏非常快速而誇張，那個聲音刻意拉高了說：「早安，請問是雷的人生摯愛嗎？」

妳怎麼知道？她想要問。不過她們當然做了筆記，可能在平板電腦或筆記本上，讓彼此都能讀到一些足以分辨不同個人的細節，夜班護理師或許還是聽懂了她說什麼，或許他完整寫下了瑪麗－珍妮一邊痛哭一邊哀號著所說的話：「他的名字叫雷蒙，但我們都叫他雷，他是我的人生摯愛。」

「你們兩人一整個晚上都聊了什麼？」早班護理師問，瑪麗－珍妮想著待會兒要提醒她給手機充電，這樣她才能繼續在他耳邊說話，等早上晚一點，或許是下午，或許今天晚上還要說，然後她疲累地用自己沙啞、大概算低沉的聲音回答：「洞穴，我們在聊洞穴。」

他們不是只會聊洞穴。他們交往了四個月，一開始在新進科學教師的歡迎會上，最後是新年前夕在他父母開的弗萊布希大道餐廳裡舉辦婚禮，他們聊的更多是有關旅行的事。他們的職業還是有這項優點，他們最幸運的就是可以利用暑假去做些死前必做的事情。他喜歡在描述他們計畫的旅行時講得一副他們已經去過的樣子，他想要搭乘蒸汽火車，穿越尚比亞的尚比西下游國家公園與維多利亞瀑布大橋之間的河谷，希望在生小孩之前可以攀爬上馬丘比丘、在加拉巴哥群島和企鵝一起游泳、在玻璃冰屋裡欣賞極光，不過首先他們得先完成遲來的蜜月，造訪和她同名的洞穴。

她一掛掉和護理師的通話就開始想像，自己開車到醫院在主要建築外頭繞圈子，她會把車子停在前門旁邊的美國楓香樹下。在正常情況下，這條街會是通往醫院大廳的主要幹道，訪客要進入醫院內部的迷宮之前就在這裡登記。前一天，她載著他在大樓的另一邊下車，就在急診室的收治區，有兩個穿著像是太空裝的人推著他進去，那時候他還能自己呼吸，甚至還可以轉頭對著她揮揮手，那不是在說再見，先回去吧，在面罩底下他似乎是這樣說，飛行員眼鏡鏡片起了霧，模糊了他黑色的小眼睛，妳後面還排了一長排的人。

她想著不知道他現在會在醫院的哪裡，哪層樓、哪間房，夜班護理師不肯說，或許這樣她和其他人才不會衝進醫院，奔向那些樓層握緊深愛之人的手。護理師只說他們會好好照顧他。

「我知道，」她說，換作是他可能也會這樣說，「我知道你們盡全力了。」

她想，今天晚上通電話時，她會再播幾首他最喜歡的妮娜．西蒙，昨天晚上她播了〈風中之歌〉十六次，用來紀念他們結婚十六週。在他們的婚禮上，眾人都期待著在他們第一支舞中間會插入某種搞笑、嘻哈音樂的插曲，然後他會用肢體不協調的霹靂舞打斷聽來哀怨的爵士樂，但是他們搭配著那首現場錄音整整跳了七分鐘，臉貼著臉。你親吻我，你的吻開啟我的生活，你是我的泉水，是我的一切，你不知道你就是生命嗎？

她可以回撥電話請護理師現在就播這首歌給他聽，不過白天的病房可能太忙碌了，歌詞和旋律可能就會淹沒在來來去去的急急忙忙、一聽到機器嗶嗶作響就要趕到。不管怎麼說，晚上才是最需要安撫的時候，能讓他和她免受噩夢驚擾。

一直到電話響起她才發現自己在打瞌睡，她一個順順的動作就從他們床上黃色羽絨被的皺褶中拿起手機，同時揉揉眼睛趕走睡意。她可以聽到她父母公寓裡總是開著廣播大聲播送的克里奧語新聞，他們打電話來謝謝她送去的生活用品，然後他們問起她丈夫的狀況，她說：「老樣子。」

他的父母打來時，她問他們晚上晚一點打電話給他時要不要把他們拉進來通話，他們可以說故事、民間傳說或家族趣事給他聽，讓他回想起小時候最喜歡、最珍視的事情。

「讓他有回到我們身邊的理由。」他的母親說，總結了瑪麗－珍妮掙扎著不知該怎麼說的話。

「這也不是完全都由得他，對吧？」他父親插話說。他的聲音聽起來很遠，彷彿是從另一個房間的分機說話，而不是對著他妻子的手機麥克風。

「我知道他想要回到我們身邊。」她婆婆說，「我們一直都在祈禱，我知道他會的。」

有一場告別式，或許她可以教他們怎麼在網路上觀看，他父親說，是為了「倒下的」幾個好朋友辦的，他說「倒下」的口氣很直接，瑪麗－珍妮一開始還以為他朋友是在浴缸裡滑倒或者滾下樓梯。

「我們收到了一個連結跟密碼。」她婆婆說，她發了簡訊把連結跟密碼寄給瑪麗－

珍妮，以及相關指示，而瑪麗－珍妮還真的想辦法一步步教他們怎麼在筆電上加入私人的告別式團體。在她掛電話之前，她聽到婆婆問她丈夫說：「你確定你有辦法看嗎？」

瑪麗－珍妮點了連結進入告別式，鏡頭似乎是從殯儀館教堂的天花板一角拍攝的，這是雙人的告別式，這對夫妻已經結婚四十五年了，離世的時間只差三天。他們也參加了她的婚禮，捐助了兩百美金給他們的蜜月基金，是她公婆認識最久的幾個老朋友。這對夫妻的三個女兒及她們的丈夫，還有四名年紀最大的孫子坐在椅子上，排列的樣子看起來就像坐在一個巨大棋盤的各個區塊。兩副棺材覆蓋著一模一樣的紫色天鵝絨布。瑪麗－珍妮還沒聽到什麼就一滑關掉了螢幕。

與她同名的洞穴深度長達四．八公里，歷史超過一百萬年，第一處穴室的土地是淡褐色的，有兩層樓高，他說。更深入一點還有幾處穴室，裡面有形狀像是聖母瑪利亞和結婚蛋糕的鐘乳石；洞穴中一個最深、最黑暗的穴室裡，有探險家命名為深淵，可以聽到自己心臟跳動時的回聲。

今天晚上，或許她會把他跟她說過一切跟洞穴有關的事再說一次，也會提醒他，她在他們剛認識的時候似乎不太願意這麼早就「投入感情」，他要她一次專注在跟他有關的一件事就好，只要一件事就會讓她忘記其他所有事。今天那件事就是洞穴，明天或許是妮娜．西蒙，再聽一次，後天或許是他說起喜愛的事情時，頭就會左搖右晃，或者是她只要看著他藏在書呆子眼鏡之後的眼睛，就能預測他的下一步行動。

電話又響了，她還沒意識到自己的動作之前，手臂就已經直覺伸向手機。同樣是那位護理師，剛剛還努力讓聲音聽起來精神抖擻一點，現在則謹慎地一字一句說清楚。

「我原本剛剛就想說的，」護理師說，「妳丈夫的入院檔案中寫了一些應該是給妳看的話，我不知道他們有沒有告訴過妳。」

瑪麗－珍妮等著接下來會有更嚴肅的宣告，她回答「沒有」的聲音低到她得再說一次。

「妳希望我念給妳聽嗎？」護理師問。

瑪麗－珍妮遲疑了一下，刻意想拖延時間，這樣如果有什麼其他消息，或許就能延遲一下。不管是什麼話，她都不想從陌生人口中聽到。

這部分她很確定，她想聽到自己念出來，或者如果可以的話，她想聽到他自己說。

「我可以拍照寄電子郵件給妳。」護理師說，「已經有人拍好了。」

「麻煩妳了。」瑪麗－珍妮回答。

電子郵件送達的通知在她手機螢幕上方出現，她甚至還沒讀就已經知道會寫什麼了。雷在一張白紙上寫著：「瑪珍，風中之歌。」

那些字看起來是顫抖的手急忙以草書寫下來的，寫「瑪珍」的筆跡還算直，但其他字就在紙上歪歪斜斜，形狀和大小都愈來愈不成形，甚至她都無法百分之百確定最後一個字是不是「哥」。

她記得他曾經告訴她，在瑪麗－珍妮洞穴裡聲音是有重量的，能夠乘著強而有力的聲波前進，甚至有可能敲碎幾處最脆弱的喀斯特地形。她想像自己站在洞穴的最低處，就在深淵當中，再次聽見他們婚禮上共舞時他在自己耳邊低語的話，一件事，瑪珍，現在這就是我們的一件事了。

謝詞

這本書原本是《紐約時報雜誌》的一期，就像每一期雜誌，尤其是在疫情開始流行時遠距工作而完成的那幾期，這一切都要歸功於雜誌所有工作人員的努力工作與奉獻才得以成真。我們尤其想點名凱特琳・羅普、克萊兒・古提耶瑞茲（Claire Gutierrez）、席拉・葛萊瑟（Sheila Glaser）、瑞秋・威利（Rachel Willey）、蓋兒・畢曲勒（Gail Bichler）、凱特・拉魯（Kate LaRue）、班・葛蘭格內特（Ben Grandgennett）、布萊克・威爾森（Blake Wilson）、克里斯多夫・考克斯（Christopher Cox）、狄恩・羅賓森（Dean Robinson）、尼蘇・阿貝貝（Nitsuh Abebe）、羅伯・侯爾柏格（Rob Hoerburger）、馬克・詹納特（Mark Jannot）以及蘿倫・麥卡錫（Lauren McCarthy）。同時也要感謝莉芙卡・葛臣投稿以《十日談》為題的文章，這是計畫的開端，另外感謝索菲・荷靈頓（Sophy Hollington）版畫風格的插圖，這讓計畫更完整。我們也要非常感謝史克里布納出版社（Scribner）的南恩・葛拉罕（Nan Graham）以及卡菈・華森（Kara Watson），謝謝她們的支持與遠見；謝謝卡洛萊・奎（Caroline Que）負責監督《紐約時報》的成書過程；以及葛奈特經紀公司（Gernert Company）的賽斯・費許曼（Seth Fishman）負責這本書。最重要的是，我們想向三十六位作家及譯者表達感謝與崇拜，謝謝他們為這本選集提供作品，而這些作品在各個大小層面都幫助了我們，在一個不同於過往的世界裡理解自己的定位。

參與者

導讀

莉芙卡・葛臣 Rivka Galchen——作品包括散文及小說，最新發表的是寫給青少年讀者的《老鼠規則第七十九條》（*Rat Rule 79*），現居紐約市。

參與作者

瑪格麗特・愛特伍 Margaret Atwood——加拿大小說家、散文作家及詩人。她最新的小說是《證詞》（*The Testaments*），最新的詩集則是《親親地》（*Dearly*）。

莫娜・亞瓦德 Mona Awad——短篇小說作家，著有小說《十三種注視胖女孩的方式》（*13 Ways of Looking at a Fat Girl*）、《兔子》（*Bunny*），以及即將出版的《一切都好》（*All's Well*）。她出生於蒙特婁，現居波士頓。

馬修・貝克 Matthew Baker——著有故事集《為何來美國》（*Why Visit America*），已經由亨利霍特出版社出版。

米亞・科托 Mia Couto——出身於莫三比克的作家及環境生物學家，他的皇帝沙漠三部曲的第二集《劍與矛》（*The Sword and the Spear*）於今年秋天出版。

艾德維琪・丹提卡特 Edwidge Danticat——著作頗豐，包括《呼吸，眼睛，記憶》（*Breath, Eyes, Memory*）、《耕種骨頭》（*The Farming of Bones*）、《飲露者》（*The Dew Breaker*），最近出版的則是《內含一切：故事集》（*Everything Inside: Stories*）。

艾希・埃度格恩 Esi Edugyan——著有《華盛頓黑》（*Washington Black*）、《混血貴族》（*Half-Blood Blues*）以及《夢在他方：家鄉觀察》（*Dreaming of Elsewhere: Observations on Home*），現居英屬哥倫比亞省的維多利亞。

朱利安・傅克斯 Julián Fuks ——巴西記者及文學作家，他的小說《反抗》（*Resistance*）英文版由查可出版發行，而他最新的小說《占領》（*Occupation*）英文版將於二〇二一年出版，現居聖保羅。

保羅・裘唐諾 Paolo Giordano ——義大利作家，他的書《傳染是怎麼回事》（*How Contagion Works*）由企鵝／布倫柏瑞發行，而他的小說《天與地》（*Heaven and Earth*）由帕梅拉多曼／維京圖書出版。

烏佐丁瑪・伊維拉 Uzodinma Iweala ——奈及利亞裔的美國作家，是醫師也是非洲中心的執行長。他的著作包括《無國之獸》（*Beasts of No Nation*）、《我們這種人》（*Our Kind of People*）以及《非禮勿言》（*Speak No Evil*），現居紐約市。

艾加・凱磊 Etgar Keret ——以色列作家，最新的短篇故事集為《銀河系邊緣的小異常》（*A Glitch at the Edge of the Galaxy*），於二〇一九年出版。

瑞秋・庫許納 Rachel Kushner ——著有多本小說，包括《來自古巴的電報》（*Telex from Cuba*）、《火焰發射器》（*The Flamethrowers*）以及《火星房》（*The Mars Room*），明年春天將由史克里

布納出版散文集《難相處的人群》（*The Hard Crowd*）。

萊拉・拉拉米 Laila Lalami——著有《其他美國人》（*The Other Americans*），她的新書《有條件的公民》（*Conditional Citizens*）於今年秋天由萬神殿出版，現居洛杉磯。

維克特・拉維爾 Victor LaValle——著有七本小說，最新一本為《替身妖精》（*The Changeling*），現於哥倫比亞大學教書。

李翊雲 Yiyun Li——著有七本書，包括《理性的終點》（*Where Reasons End*）以及《我必須走嗎》（*Must I Go*）。

迪諾・門格斯圖 Dinaw Mengestu——著有三本小說，包括最新出版的《我們所有的名字》（*All Our Names*），他是紐約巴德學院寫作藝術計畫主持人。

大衛・米契爾 David Mitchell——著有《雲圖》（*Cloud Atlas*）、《骨時鐘》（*The Bone Clocks*）以及《烏托邦大道》（*Utopia Avenue*），現居愛爾蘭。

麗茲・摩爾 Liz Moore ——創作小說以及創意非小說，她的第四本小說《明亮長河》（*Long Bright River*）由里弗黑德圖書出版，現居費城。

迪娜・納耶利 Dina Nayeri ——著有《不知感恩的難民》（*The Ungrateful Refugee*）以及《避難所》（*Refuge*），她的故事曾收錄於《美國最佳短篇小說選》（*The Best American Short Stories*）以及《歐亨利得獎故事選》（*The O. Henry Prize Stories*）。

蒂亞・歐布萊特 Téa Obreht ——著有小說《老虎的妻子》（*The Tiger's Wife*）以及《內陸》（*Inland*），現居懷俄明，並且擔任德州大學的創意寫作講座教授。

安德魯・奧哈根 Andrew O'Hagan ——蘇格蘭小說家，並且為《倫敦書評》（*London Review of Books*）的特約編輯，他的小說《蜉蝣》（*Mayflies*）將於二〇二一年春天由法柏與法柏出版社出版。

湯米・歐蘭芝 Tommy Orange ——著有小說《好了好了》（*There There*），他是奧克拉荷馬州夏安及阿拉帕霍族的正式族人，現居加州，在美國印地安藝術中心教授寫作。

凱倫·羅素 Karen Russell——美國小說家，也寫短篇故事，最新發表的作品是《橘色世界及其他故事》（*Orange World and Other Stories*），現居奧勒岡州波特蘭。

卡蜜拉·沙姆西 Kamila Shamsie——著有小說《家園之火》（*Home Fire*）及《焦影》（*Burnt Shadow*），她在巴基斯坦喀拉蚩長大，現居倫敦。

蕾拉·司利馬尼 Lëila Slimani——法國外交官，著有《完美保母》（*The Perfect Nanny*）與《愛黛拉》（*Adèle*），她出生於摩洛哥拉巴特，現居巴黎。

瑞佛斯·索羅門 Rivers Solomon——著有《鬼魂的壞心眼》（*An Unkindness of Ghosts*）、《深處》（*The Deep*）以及《傷心地》（*Sorrowland*），後者將於二〇二一年出版。

科姆·托賓 Colm Tóibín——愛爾蘭作家，著有九本小說，他是紐約哥倫比亞大學人文學院的席爾曼名譽教授。

約翰·瑞伊 John Wray——著有小說《天賜》（*Godsend*）、《失落的時間意外》（*The Lost Time Accidents*）以及《低地男孩》（*Lowboy*），經常為《紐約時報雜誌》寫作，現居墨西哥市。

游朝凱 Charles Yu——著有四本書，包括他最新的小說《唐人街內部》（*Interior Chinatown*），現居加州爾凡。

亞歷杭卓．贊巴拉 Alejandro Zambra——著有《我的文件》（*My Documents*）以及《多選題》（*Multiple Choices*）等等多本小說，現居墨西哥市。

插畫

索菲．荷靈頓 Sophy Hollington——英國藝術家及插畫家，最知名的是使用凸版印刷，她利用油布進行版畫創作（Lino print），通常靈感來自於民間的隕石傳說及煉金術的象徵。

木馬文學155

大疫年代十日談

世界當代名家為疫情書寫的29篇故事

THE DECAMERON PROJECT
29 Stories From the Pandemic

主　　編　紐約時報雜誌
譯　　者　徐立妍
社　　長　陳蕙慧
副總編輯　戴偉傑
責任編輯　鄭琬融
校　　對　沈如瑩
行銷企畫　陳雅雯、尹子麟、汪佳穎
封面設計　IAT-HUÂN TIUNN
封面插畫　索菲・荷靈頓（Sophy Hollington）
內頁排版　黃暐鵬

讀書共和國集團社長　郭重興
發行人暨出版總監　曾大福
印　　務　黃禮賢、林文義
出　　版　木馬文化事業股份有限公司
發　　行　遠足文化事業股份有限公司
231新北市新店區民權路108-3號8樓
電　　話　(02) 2218-1417
傳　　真　(02) 2218-0727
E-Mail　service@bookrep.com.tw
郵撥帳號　19588272木馬文化事業股份有限公司
客服專線　0800-221-029
法律顧問　華洋國際專利商標事務所　蘇文生律師
印　　刷　呈靖印刷股份有限公司
初版一刷　2021年10月

定　　價　420元
ISBN　978-626-314-054-7

大疫年代十日談：世界當代名家為疫情書寫的29篇故事／
紐約時報雜誌主編；徐立妍譯.
－初版.－新北市：木馬文化事業股份有限公司出版：
遠足文化事業股份有限公司發行，2021.10
面；　公分.－(木馬文學；155)
譯自：The decameron project : 29 new stories from the pandemic
ISBN　978-626-314-054-7（平裝）
813.7　　110015620
